Le bal des cendres

Du même auteur

Romans

Papa et maman sont morts, Point-virgule, 1991 ; rééd. Seuil, « Points », 2012.

Autobiographie d'une Courgette, Plon, 2002 ; prix Générations (mairie du XVIIe arrondissement de Paris) ; J'ai lu, 2003 ; Flammarion, « Étonnantissimes », 2013.

Au pays des kangourous, Don Quichotte, 2012 ; prix Cœur de France, 2012 ; prix Roman de la ville d'Aumale, 2012 ; prix des lecteurs de la bibliothèque Goncourt, 2012 ; prix Folire, 2012 ; prix Plume d'or, 2013 (plume libre – catégorie Romanesque) ; J'ai lu, 2014.

L'Été des lucioles, Héloïse d'Ormesson, 2014 ; prix de la ville d'Aumale, 2014 ; prix Rosine Perrier, 2015 ; J'ai lu, 2016.

Le Vertige des falaises, Plon, 2017 ; J'ai Lu, 2018.

Récit

Certains cœurs lâchent pour trois fois rien, Flammarion, 2021 ; J'ai lu, 2022.

Jeunesse

Inventer les couleurs, Gallimard Jeunesse, « Giboulées », 2019.

Un baiser qui palpite là, comme une petite bête, Gallimard, 2021 ; prix Adolescent de La Ville aux Livres, Creil.

Nouvelles

La lumière est à moi, Gallimard, « Haute enfance », 2018 ; J'ai lu, 2021.

Ouvrages collectifs

24 histoires du Mans, Belfond, 2017.

Un couple, une ville, Charleston poche, 2019.

L'enfance c'est..., texte illustré par Jack Koch, Le Livre de poche, 2020.

Gilles Paris

Le bal des cendres

roman

25/04/2022

PLON
www.plon.fr

92, avenue de France
75013 Paris
Tél. : 01 44 16 09 00
Fax : 01 44 16 09 01
www.plon.fr
www.lisez.com

Mise en pages : Facompo
Dépôt légal : avril 2022
ISBN : 978-2-259-26374-0

À Laurent
À Didier
À tous les Vivants

« Le volcan n'est pas seulement
dans la montagne.
Il est en chacun de nous. »

Gaetano Conti

PREMIÈRE PARTIE

Strombolicchio

Giulia

Je suis née le jour où ma mère est morte. Papa m'a appelée Giulia, comme elle, pour ne pas oublier. Et pourtant, il ne m'en parle jamais, comme si tout cela n'était qu'un tour de magie, la disparition d'un lapin dans un chapeau, rien d'autre qu'un rideau qui tombe. Pas une photo d'elle dans les albums, pas un cadre sur les murs. Je suis sa seule trace. Je l'ai longtemps imaginée blonde parce que je le suis. Mais je n'en sais rien. Maman aurait pu être rousse, ou se parer de cheveux sombres, pareils à l'obsidienne de Lipari, une pierre noire crachée par le volcan, tout comme moi, du ventre de Giulia. Même Matheo, le meilleur ami de papa, refuse de m'en dire un mot. Sa cicatrice qui descend de son oreille gauche à sa bouche me dit d'aller jouer ailleurs. Il m'aide souvent à border papa, la nuit, quand tous nos clients dorment et que personne d'autre que nous ne saura qu'il boit pour ne pas se souvenir. La France est loin derrière moi. Aucun pont ne m'y relie. Ce pays ressemble à ma mère, une carte vierge sans la moindre route. Papa m'a emmenée à deux ans sur l'île de Stromboli, où il a acheté un hôtel, le

Strongyle, qu'il dirige avec Matheo. Jadis, il appartenait à ses beaux-parents siciliens. Je ne les ai pas connus. La vieillesse les a éteints un an après la disparition de ma mère. Je les aurais suppliés. Était-elle grande ou petite ? Avait-elle la prunelle bleue comme moi ? Faisait-elle les yeux doux à papa ? Lui tournait-elle autour comme cette île qu'on appelle *La ronde* ?

Je me réfugie couramment au phare de Strombolicchio. Marco m'y conduit dans sa barque verte et blanche. J'escalade les deux cents marches hautes et blanches, un prix dérisoire pour rejoindre ma mère dans mes pensées. Le vent chaud s'engouffre dans mes oreilles et mes narines, ma bouche balbutie et s'assèche sous l'effort. Ça sent le sel, les embruns, *la bignone*, cette fleur en trompette rouge sang qui exhale comme un parfum de café. Je regarde l'horizon, la mer d'un bleu intense qui m'émeut sans savoir pourquoi. Et je pense à Giulia. J'ai du mal à dire maman. Elle ne m'a jamais entendue l'appeler ainsi. Portait-elle des escarpins ? Des lunettes noires sous un foulard blanc ? Est-elle venue ici, à Stromboli, dans l'hôtel de ses parents ? Est-ce que je marche quelquefois sur ses pas ? Est-ce qu'une rafale a emporté ce voile clair, découvrant ses cheveux roux, bruns, ou blonds ? A-t-elle fixé le volcan, si immense qu'on ne voit que lui en arrivant par bateau de Palerme ? A-t-elle respiré toute cette végétation folle, du thym au jasmin, aux parfums si enivrants ? S'est-elle promenée autour du cratère, herbes hautes et sèches, brûlées par la lave et le soleil, épines grasses des ronces vous égratignant bras et chevilles, joncs et bambous qui se frottent et s'enlacent, chemins de terre obscure, poussière de cendres qui s'imprègne partout, le ciel si pâle à côté du cobalt qui s'étend à l'infini, cortèges de bateaux blancs, bords de mer lumineux comme autant de lanternes enfouies sous l'eau ? J'espère que je finirai par croiser quelqu'un qui l'a fréquentée ici, à Stromboli. Et personne ne pourra m'empêcher d'aimer cet inconnu qui me parlera d'elle. Thomas aurait pu la rencontrer autrefois lorsqu'il venait avec Emilio. Thomas, dont les yeux si tendres se seraient posés sur elle, même s'il préfère les hommes. J'aurais apprécié que ce soit lui, l'étranger. Je l'entraîne parfois au phare de Strombolicchio. Je dis d'elle des mots que j'invente. Il me répond qu'Emilio est parti nager au large de l'île et qu'il n'est jamais revenu. Thomas revient à Stromboli comme un bateau au port, car le corps d'Emilio n'a jamais été retrouvé. Il espère encore sans y croire. Moi aussi, au nom de Giulia. Je réclame juste une photo d'elle que je puisse garder avec moi, quand je déborde d'émotions et ne contrôle plus rien. Thomas m'apprend à gérer ce trop-plein de tout. Il a l'âge de mon père qui ne fait pas attention à moi. Thomas est le grand frère que je n'ai pas eu. Le père resurgi. Je souhaiterais retrouver Emilio pour lui.

Thomas

Je suis étendu dans la barque de Marco. Je contemple le ciel qui tangue au-dessus de moi. J'ai demandé au pêcheur de partir au large, sans destination précise. Le bruit du moteur résonne à mes oreilles comme un bourdonnement d'abeilles. J'essaye de me rappeler le visage d'Emilio avant qu'il ne s'efface avec le temps. Je l'ai pourtant photographié des milliers de fois. Les images se détachent de mon inconscient et s'éparpillent sous la voûte comme de minuscules nuages blancs. Je sens la chaleur de sa main dans la mienne, son corps allongé sur moi, ses yeux verts qui m'aspirent encore. Je le cherche au réveil, mon bras retombe sur le drap, inerte. Je parcours l'Europe. Je photographie la mémoire quand tout en moi veut conserver la sienne. Je nage à sa recherche, comme si je m'attendais à ce que sa tête surgisse de l'eau, que tout ce temps passé sans lui ne soit juste qu'une poignée de secondes.

Tant de chaleur à cette heure matinale m'écrase au fond de la barque. Mes jambes s'écartent, mes pieds cherchent un appui. Le ciel est un miroir où Emilio ne se reflète plus. Je dois cesser d'épouser son ombre, et tomber amoureux comme on se jetterait dans le vide sans craindre la mort. Chuter de tout son poids dans un regard qui saurait me rattraper avant de toucher terre. Giulia sait tout cela. Au phare de Strombolicchio, nous en parlons simplement. Cette adolescente est intelligente et aussi sensible que moi. Elle n'a pas connu sa mère, toutes les preuves de son existence semblent s'être volatilisées. Comme Emilio, son esprit a disparu, même s'il gît dorénavant sous une pierre scellée, au Père-Lachaise, à Paris. Je connais le Strongyle depuis une vingtaine d'années. Le bien-nommé. *La ronde* d'après son étymologie grecque. C'est ainsi qu'on appelait Stromboli autrefois. Nous y séjournions avant de nous rendre à Naples et de rejoindre la côte amalfitaine où Emilio possédait une petite maison à Ravello. Un dégât des eaux nous a fait dériver jusqu'à Stromboli. Les propriétaires de cet hôtel, de vieux Siciliens, nous observaient sous leurs cils immobiles, impassibles, comme si nos mains jointes ne signifiaient rien d'autre, pour eux, qu'une prière. Emilio et moi regardions la parade des bateaux blancs, tout en bas, pas plus grands que des galets de quartz. L'immensité de ce bleu, la beauté du diable qui s'est laissé séduire par Emilio, son corps magnifique qui effleurait à peine la surface. Emilio nageait des heures sans la moindre fatigue. Où es-tu maintenant ? Charon, fils des ténèbres, t'a-t-il pris sur sa barque ? Et qu'as-tu donné pour cela ? J'aimerais que le firmament m'emporte, comme un de ces petits nuages blancs où mes photographies s'éparpillent comme seules traces de mon histoire. Sans elles, je n'ai aucun passé, je n'existe nulle part. Je suis ici pour six mois, j'oublie souvent mon appareil. À l'aube, je cours sur les chemins qui mènent au volcan, écouteurs aux oreilles. Je laisse cogner la musique, tout comme la chaleur, j'entends battre mes tempes. Je laisse la sueur inonder mon torse, tous ceux que je croise s'agitent dans un théâtre d'ombres où je n'apparais pas. Les scènes ne m'ont jamais attiré. Mon cœur pourrait cesser de battre devant tant d'efforts, mais j'ai décidé de vivre malgré tout, malgré la disparition d'Emilio, cette mémoire des murs et des villes qui me hantent encore comme si le conflit en ces lieux avait tout changé en moi. Je suis un guerrier, un géant de deux mètres qui pèse plus de cent kilos. Je suis chargé d'émotions tout comme Giulia qui a besoin d'une armure pour mieux se défendre. Si un jour je tombe à genoux, autant sauver le plus de vies avant.

Guillaume

Je suis le père de Giulia. Juste prononcer ce prénom m'ouvre en deux. Je n'ose dire combien ma fille est belle et qu'elle tient tout de sa mère. Elle entre dans une pièce et tout s'illumine. Pourtant, j'éteins tout par ma simple présence, car je ne lui dis jamais ce que je ressens. Je veux effacer ma femme de ma mémoire, mais Giulia me la rappelle à chaque instant. La même blondeur, lueur divine qui filait entre mes doigts lorsque nous étions ancrés l'un à l'autre. Sa manière de pencher la tête dès qu'elle s'assoit sur une chaise. De tenir ses couverts tout au bord sans les laisser choir. D'attraper une tasse comme une porcelaine fragile et la tenir fermement entre deux doigts. Comment a-t-elle su ? J'ai brûlé presque toutes les photos de Giulia. Je connais Matheo, il ne dira rien à ma fille. Lui non plus n'est pas très doué pour exprimer ce qu'il discerne. Nous avons vécu tant de choses ensemble. Depuis le départ de ma femme, je suis à la dérive, je navigue à vue, je ne sais plus où je vais. Je n'aurais jamais dû acheter cet hôtel et, sans Matheo, le Strongyle aurait fermé depuis longtemps. Je sais que je bois trop. Que j'en oublie ma fille, et cet hôtel comme un paquebot à quai. Vingt chambres, un restaurant, une piscine, un jardin patio à l'abri des bougainvilliers, avec des tables au plateau de marbre, et des chaises anciennes en paille et bois, larges d'assise et confortables. Mais je ne ressemble pas à ce décor d'été. Rien en moi n'est léger ou insouciant. Je ne sais pas exprimer mes sentiments. Je n'ai jamais su. Même avec mon épouse. Mon cœur est sec. Je retiens tout comme on avale sans respirer. J'étouffe sur cette île. Je ne dirais plus jamais je t'aime à une femme. Je le murmurais à la mienne quand j'étais sûr qu'elle dormait. Je n'ai plus rien à donner. Même à ma fille. Je la regarde souvent, à la dérobée. Je la vois rire avec les clients, ce photographe allemand qui apprécie sa compagnie. Je sais par Matheo qu'ils grimpent au phare de Strombolicchio et cela m'intrigue. J'aurais voulu être cette balise et la guider. Être le vent à ses oreilles et tout entendre. Je ne suis son père que par la loi, que puis-je lui interdire ? Il aurait fallu l'élever, l'aimer, lui raconter des histoires une fois couchée. Je n'ai rien fait de cela. J'ai engagé Pippa qui s'en est mieux chargée que moi.

Je n'ai pas toujours dirigé cet hôtel. Matheo non plus. Je suis responsable de cette vilaine cicatrice qui lui barre la joue, comme une affreuse grimace de clown. Si nous n'étions pas allés en Afghanistan, rien de tout cela ne se serait passé. Bien avant la disparition de Giulia, je n'ai cessé de partir dans tous ces pays où frôler la mort ne m'a pas davantage rendu vivant. Sans Matheo, j'aurais sans doute marché sur une mine, ou pris une rafale sans ciller.

Il m'a rappelé que j'avais une fille et qu'il était temps de faire sa connaissance. Même les assassins ont droit au repos. Puis les parents de ma femme sont partis un an plus tard, l'un et l'autre, se tenant la main, comme pour mieux précipiter notre retour. J'ai acquis cette maison de ville. Je suis allé récupérer Pippa et ma fille à Paris et nous sommes arrivés à Stromboli tous les quatre avec Matheo.

Giulia

Nous sommes sur le toit du volcan. Thomas s'est accoudé près de moi. Nous regardons les étoiles qui paraissent si près. Je lui prendrais bien la main, mais je n'ose pas. Le sable noir sous ma tête, encore chaud, me sert d'oreiller. Les voix autour de nous s'estompent, je ne cherche plus à les comprendre. Thomas a des pieds de géant. Il a grimpé ce sol sec, se retournant parfois pour voir si j'avais besoin d'aide, de lui. J'ai toujours aimé la hauteur, cette montagne du diable ne m'impressionne pas plus que les escaliers du phare. Matheo m'y emmenait souvent quand j'étais petite, ou Pippa, mais elle s'arrêtait à mi-chemin avant le col, se signant, terrifiée par les détonations. Matheo me soulevait d'une main, je sautais les rochers comme un cabri. Piquants m'éraflant les mollets, herbes soûlées par les rafales, joncs plantés par milliers sur ce débris de terre anthracite, caillasse amassée en un moulage séché, rien n'a changé, ce paysage est si enivrant. Au-delà de huit cents mètres, l'ascension se transforme en un désert où la végétation s'épuise. Elle surgit entre les pierres, résistante, touffes d'herbes rasées, éparses, couleur paille. Les sentiers se rétrécissent, la cohorte des monteurs devient chenille qui zigzague en file indienne au crépuscule nocturne. D'un côté la pente se creuse et descend, vertigineuse, amas de poussière grise et de cailloux, s'éparpillant vers le village qui se réveille tout en scintillements. De l'autre, le mur s'élève et se répand jusqu'à la cime, presque menaçant, si ce n'est la présence rassurante des lumières fixées au casque qui semblent voleter comme des papillons affolés. Au sommet, les groupes se séparent. Pas plus d'une centaine d'âmes sur ce toit du monde. Et seulement quarante minutes de pause, depuis les derniers incidents. Ce soir, nous sommes à peine une vingtaine. Thomas et moi approchons du bord. Je porte un foulard serré sous le menton, le vent ne jouera pas avec moi. Les premières explosions se font entendre et mon cœur se met à battre fort sans que je sache pourquoi. Je saisis la main de Thomas qui me rappelle celle de Matheo. D'un des cratères, qu'on nomme aussi la bouche, à deux cents mètres plus bas, jaillissent des *lapilli* rouge feu, fragments de lave éjectés par le volcan, un décor de fin du monde qui embrase la voûte. Orange, rouge et jaune, le crachat fait danser le feu. Puis les étincelles retombent, la pluie de feu s'éparpille tout autour du cratère et incendie le sol comme une ville vue du ciel. Jules Verne s'est inspiré de ces décors naturels pour *Voyage au centre de la terre*. Qui n'en serait pas épris ? La nuit et le silence reprennent leur place avant qu'une nouvelle bouche se réveille. Thomas garde ma main dans la sienne, si petite et abandonnée au creux de sa paume. Je ne sais pas ce qu'il ressent en fixant le feu, il a laissé son appareil photo dans son sac à dos. C'est rare. Il vient de prononcer *Du bist mein ein und alles*, comme il le fait parfois à Strombolicchio, *Tu es tout pour moi*, je sais bien que ces mots que Thomas m'a traduits ne sont pas pour moi. Pas davantage face à cette incandescence qui irradie nos visages et fait froncer ses sourcils sous l'explosion du volcan. Je me tourne vers lui. J'inspecte les petites rides aux coins de ses yeux, elles agrandissent le brun clair de ses yeux qui se posent sur moi avec tant de gentillesse que j'ai dû faire un pas en arrière la première fois. Je n'ai jamais été habituée à tant de douceur. *Du bist mein ein und alles*. Le spectre d'Emilio danse entre les flammes de ce cratère. Thomas me demande si j'en ai assez vu, si on peut redescendre. J'aimerais bien rester avec lui sur ce crâne chauve mais je n'ai jamais su dire non. J'adore voir cette petite lueur de contentement dans le regard d'autrui. En dehors de papa, bien sûr, qui ne me pose jamais de questions. Je pense qu'il a bien trop peur de mes réponses. Thomas se lève et me tend la main que j'attrape. Une poussière noire a rempli mes poches, et le fond de mes chaussures. La descente est plus rapide que la montée, mais le chemin que nous empruntons n'a pas de plateau. Il est pratiquement impossible de se poser avant d'arriver tout en bas. Je fixe la torche autour de mon casque, attache mon sac à dos. La piste est sableuse, je m'y enfonce jusqu'à la cheville et me laisse glisser aux côtés de Thomas. Le faisceau de la lune n'éclaire qu'une végétation anthracite. Tout est obscurité, de la terre au ciel. Des cailloux dévalent autour de nous sur quelques mètres, engloutis dans leur course vaine par le limon. Des torches éclairent d'autres triangles poudreux que nous dépassons dans la descente. La piste semble ne jamais s'éteindre. Puis la nuit nous recouvre, tandis que nous disparaissons dans la forêt de bambous.

Lior

Je suis toujours ému, lorsque je retourne à Stromboli. Dès que je quitte le ferry et pose le pied sur le béton de cet embarcadère, je pense à elle. L'élégance de ce souvenir m'enivre. À mes quinze ans, nous vivions ici. Au bras de mon père, ma mère fumant une cigarette sous un chapeau de paille à larges bords, ses yeux magnifiques dissimulés derrière des lunettes noires, ses escarpins foulant le sol en une ligne droite idéale, riant à ses plaisanteries, sa bouche légèrement ouverte, un rouge à lèvres carmin les délimitant tel un trait parfait. Nous habitions une jolie maison blanche, tout près du Strongyle où je descends dorénavant. Mon père s'en est séparé dès que ma mère nous est miraculeusement revenue de son long séjour parmi les morts. Notre gouvernante, Pippa, travaille dorénavant à l'hôtel. Elle me serre occasionnellement dans ses bras devant les clients médusés. Je la revois cueillir des fleurs de jasmin et de bougainvilliers qu'elle disposait dans toutes les pièces en se signant avant d'entrer. Je me sens un peu chez moi dans cet hôtel. Mon père a vendu la maison à une famille américaine et je ne souhaite plus y retourner. Que dirais-je une fois au portail ? Que j'y ai vécu mon adolescence ? Que j'en faisais le tour, chaque jour, mes pieds nus sur l'asphalte blanc, dévasté par la maladie de ma mère qu'aucun médecin ne savait guérir ? Certains s'entêtent dans le passé, moi non. Apercevoir l'allée qui mène à l'ancienne maison blanche repeinte en bleu me suffit. Je ne suis plus cet adolescent difficile qui souffrait en silence et se réfugiait sous l'eau comme le seul monde acceptable. Je suis devenu océanographe, j'étudie les fonds marins, les mers, les océans et tous les organismes animaux et végétaux qui y vivent. J'ai vaincu un certain nombre de mes peurs. Je vis seul, je n'ai connu que l'amour de mes parents, et rien ne me paraît plus beau et intense que leur histoire. Je m'en sens incapable et ne ressens une attirance que pour la faune marine. L'écosystème sur cette île et la part immergée de la roche volcanique ont créé des espèces rares. Je suis venu les observer. Le quartier d'ombre de ma mère est à jamais enfoui dans le souvenir. Je ne veux plus me rappeler que je l'ai ramenée à la vie. Je le porte sur moi comme une marque au fer rouge. Lior se traduit de l'hébreu par *La lumière est à moi*. J'aurais pu changer de prénom, mais je l'aurais vécu comme une trahison. Parfois, dans les profondeurs de l'océan, à des centaines de mètres sous la terre, je ressens comme des fourmillements entre mes doigts, d'aventure ma tête n'a été aussi vide, jamais je ne me sens aussi bien. Je suis incapable de l'exprimer quand, adolescent, j'ai sauvé ma mère d'une mort certaine. Je me refuse d'être différent d'autrui. Même si je le suis : à vingt-cinq ans, je n'ai encore embrassé personne. Je veux me noyer dans la marée humaine, être normal et heureux de l'être. Malgré une petite voix intérieure qui me répète non, depuis longtemps. Je ne veux pas l'entendre, je l'étouffe dès qu'elle apparaît. Je retourne à mes recherches, à mes chiffres et colonnes, à ces lignes et ces graphiques dont la régularité me rassure. Un jour, peut-être, je serai plus à l'écoute des autres, je m'intéresserai plus à l'humain qu'aux océans, mais je crains que ces champs de compassion ne mènent nulle part. De ce que j'en sais, les humains sont si décevants. J'en ai rencontré beaucoup dans mon métier, et pas un seul d'entre eux ne ressemblait à l'un de mes parents.

Sevda

Je le regarde dormir, les bras en croix, les lèvres entrouvertes, son corps massif au centre du lit, la ligne de son pelage partant du nombril jusqu'à sa poitrine recouverte, sa peau légèrement hâlée par nos premiers bains de soleil. Et dans le creux de sa gorge, ces poils épars qui me troublent encore, sans que je sache pourquoi. C'est ainsi que je l'ai vu, la première fois, pour une balle perdue qui lui avait perforé le ventre, à l'hôpital où je travaillais comme infirmière. Un hélicoptère était allé le chercher au nord de la Serbie, là où il officiait comme chirurgien. J'ai changé souvent ses pansements, car à la suite de l'opération, sa plaie s'est infectée. Je lui ai injecté des anti-inflammatoires et de la morphine, puis j'ai observé ses paumes tournées vers moi. En famille nous savons, de mère en fille, lire les lignes de la main. Les siennes me disaient de fuir, trop de femmes, trop de tout. Et pourtant je suis restée, je l'ai épousé, je lui ai donné trois merveilleuses filles. À sa demande, j'ai cessé d'être infirmière pour élever nos enfants. J'ai engagé une femme de ménage pour perdre l'habitude de retourner les pantalons avant de les enfourner dans la machine. En vidant les poches, j'ai trouvé de quoi divorcer plusieurs fois, je n'ai rien dit jusqu'à Brune. Une femme sait qu'elle est en danger. Je n'ai pas cherché à m'intéresser davantage à ses amitiés masculines, qui me paraissent également excessives. Je sais que la mort de son père l'a dévasté à quatorze ans. Il est devenu chirurgien pour sauver des vies, à défaut de celle de son géniteur, mais cela ne lui a pas suffi. Anton aspire à être le grand frère, le père de ces âmes orphelines qui traînent avec lui, dans des bars, des virées nocturnes qui le ramènent au milieu de la nuit, ronflant comme un régiment, signe chez lui qu'il a abusé d'alcools forts. Mais Brune, son amour de jeunesse, je ne pouvais pas l'accepter. J'ai engagé un détective, qui m'a envoyé des clichés pris à Paris, dans un hôtel de Montparnasse, leurs chairs emmêlées, leurs regards fiévreux que j'ai percés d'épingles, avant de les déchirer, miettes d'existences, la mienne en lambeaux. Je lui ai dit que je le quitterais moi et mes filles, s'il revoyait Brune. J'ai lu dans son œil bleu la fêlure, ce moment où il n'est plus possible de reculer, le choix à faire, peut-être même celui d'une vie. Je ne lui ai rien pardonné, je me suis refusée à lui. Je l'ai laissé sortir la nuit, ses écouteurs sous son bonnet, retrouver ses orphelins. Anton est un bel homme, un dieu vivant. Je n'ai pas la prétention de le vouloir pour moi-même. Quand on aime, il faut apprendre à partager. On n'enferme pas les fauves en cage, sinon ils tournent en rond et dépérissent. Brune n'est plus qu'un souvenir pour lui, je connais le prix de son choix. Ici, à Stromboli, dans ce lieu hors du temps, je ne me fais aucune illusion. Je m'étonne même qu'il n'ait pas encore ramassé une de ces âmes perdues qu'il affectionne pour la remettre dans ce droit chemin que lui seul délimite. Lorsqu'il a ouvert ses yeux pour la première fois à l'hôpital, Anton a senti mon trouble. Le regard bleu qui change selon l'humeur, du plus clair au plus foncé, ce harpon qui vous saisit par un fil invisible et vous lie à lui pour toujours. L'épier dormir, abandonné, si vulnérable m'appartient, et à personne d'autre. Je n'ai jamais cessé de l'aimer, même dans nos crises les plus noires.

Giulia

Aussi loin que remontent mes souvenirs, j'ai toujours aidé papa au Strongyle. J'ai choisi la couleur des transats au bord de la piscine, blanc ivoire, et peint l'armoire des serviettes de la couleur des nuages qui quittent rarement le ciel de Stromboli. J'ai ajouté des obsidiennes aux porte-clés des chambres, choisi les nappes gris pâle du restaurant, ivoire pour la salle du petit déjeuner, et le carrelage des chambres d'un brun cireux qui se confond avec le parquet. Pour papa et moi, c'est bien plus qu'un hôtel, c'est notre maison que nous ouvrons à des inconnus. Je dors dans la chambre une, où personne n'entre, même pas Pippa. Je préfère faire mon lit et le ménage. Matheo passe ses nuits au-dessus d'un garage à bateaux, près du port, où, parfois, il est préférable de coucher papa pour que personne à l'hôtel ne le voie dans cet état détestable. Pippa y veille, elle a souvent un œil sur lui et fait régulièrement son rapport à Matheo. Sa fille et son mari sont morts, emportés par le tsunami qui a ravagé l'île en 2002. Elle n'en parle jamais, même si son visage se durcit quand elle lève les yeux sur le volcan. Je n'en aurais pas soupçonné l'existence, si son sac ne s'était pas répandu entre les bancs de l'église San Vincenzo. Avec, au sol, ces photos qu'elle a embrassées avant de me les montrer. J'ai toujours connu Pippa seule, se chargeant de l'hôtel, de papa, de Matheo ou de moi comme sa seule famille. Je la crains un peu, silencieuse, tout comme Matheo, mais leurs voix en imposent et tout en eux me rassure. Matheo l'a connue avant, tandis qu'il venait assister aux travaux du Strongyle. Elle était encore mariée et mère, au service des parents de Lior. Un jeune homme qui séjourne régulièrement au Strongyle, le seul à faire sourire Pippa comme un secret qui les lie ensemble. Je le trouve étrange, fin, élégant, fuyant, aussi beau qu'un acteur. Moi qui suis un peu sans gêne, pieds nus sur les sentiers, riant pour un rien, j'ai l'impression de ne pas exister en sa présence. Rien à voir avec Thomas, même si Matheo me fait souvent les gros yeux et me répète qu'il ne faut pas s'attacher aux clients de l'hôtel. On n'est jamais sûr de les revoir, et même s'ils reviennent que sait-on vraiment d'eux ? Je ne suis pas Matheo. Je suis Giulia, fille de Giulia, qui veut tout savoir des autres, à défaut de cette mère dont je ne sais rien. Curieuse, amoureuse, « empathique », dit Thomas. Peut-être que je cherche une mère en chaque femme, derrière un rire, une absence, Sevda fumant ses cigarettes d'une manière si énigmatique, jetant au-dessus d'elle de longues volutes de fumée grise happées dans la nuit étoilée. Ou Ethel cherchant son frère du regard, Sebastián, puis dînant face à l'autre où rien ne les distingue. Ce pourrait tout aussi bien être un jeune couple si je n'avais pas vu leurs passeports à la réception de l'hôtel. Je n'ai pas trop le droit de fureter, mais cela m'en apprend souvent un peu plus sur les clients qui entrent dans mon monde, mon île, avant que je ne m'attache à eux, comme une promesse. Un jour, peut-être, l'un d'entre eux me demandera de quitter Stromboli et de découvrir l'univers entier. Je peux porter des valises, me faire discrète si besoin, petite même, et disparaître en claquant les doigts. Je dis ça, mais je ne quitterais jamais mon papounet. En tout cas, tant qu'il ne m'aura pas dit toute la vérité qui apparaît dans tous ses excès, même si Matheo me dit qu'il n'y a rien à tirer de tous ces débordements.

Ethel

Je n'en reviens pas. J'ouvre grandes les fenêtres de ma chambre. Au loin le volcan fume toutes les cinq minutes, et la mer s'arrondit tout autour de lui. Je suis à Stromboli avec Sebastián, notre premier voyage depuis nos retrouvailles en Uruguay. J'ai laissé Ézéchiel veiller sur nos deux fils à Treinta y Tres, ma nouvelle demeure. Le désir de cette vieille Europe est plus fort que le souvenir moribond de mes parents et de la vie d'avant. J'ai enjambé mon adolescence et d'un continent à l'enfance, enfin retrouvée, j'ai pu serrer mon frère contre moi. Nous étions alors séparés depuis une dizaine d'années, ignorant tout l'un de l'autre. J'ai tant à rattraper, lui aussi. Ce voyage est une première étape. Je dois être patiente, ne pas le brusquer. Ses longs séjours dans les hôpitaux ont laissé des traces. Sebastián est un être fragile qu'un rien semble pouvoir briser. Ses confidences parfois m'effrayent. Nous avons tous les deux ce sentiment d'ouvrir une boîte de Pandore. Qui sait ce qui peut en sortir et se répandre, pareil à une pluie de cendres ? Je l'écoute comme si ma vie en dépendait. Mes oreilles se dressent, sentinelles en détresse. Jamais je n'oublierai le mal que notre mère nous a fait, surtout à Sebastián. Après tout, c'est elle qui l'a fait enfermer dans ces institutions psychiatriques, sous le regard muet de notre père. J'ai suffisamment vécu, pour apprendre que toutes les familles ne sont pas aussi monstrueuses que la nôtre. Et pourtant le mal s'est répandu comme un venin se mélange au sang. Nous serons toujours ainsi, trop lucides, pour être vraiment heureux. Je veux adoucir son existence, tout comme Julia, sa femme, restée à Treinta y Tres avec leur fille Elizbeth. Que Sebastián puisse se reconstruire, en tant que mari, père et frère. Une chaîne bienveillante que ma mère ne saurait briser par sa seule présence, ne sachant plus comment nous joindre depuis que j'ai modifié mon numéro de téléphone. J'ai hâte aussi de photographier Sebastián dans ce décor inspirant. J'ai remonté le village de Stromboli jusqu'à ces sentiers épars qui paraissent tous mener au volcan. La nature est généreuse ici, aride aussi. L'ancien cimetière, à quelques mètres de l'actuel, n'est nullement signalé. Un chemin étroit et pentu, jonché de pierres et d'herbes sèches et hautes, y mène, comme une danse macabre, où les tombes apparaissent éparpillées, négligées de tous. Semblable à une vilaine bouche édentée qui n'est pas sans me rappeler celle du cimetière juif de Prague. À lire les quelques inscriptions, seule la jeunesse y est enterrée. Je me suis figée longuement avec mon matériel sans pouvoir me poser, le soleil matinal déjà écrasant, comme deux mains vous enserrant les épaules. Aucune fleur sur ces pierres lourdes, ni poignée de cailloux qui indiquaient jadis la présence de marins. J'ai lu quelque part que, sur une plage d'ici, on trouve les sépultures éparses de bateliers débarqués au XVIIIe siècle, atteints de scorbut, et aussitôt enterrés. Des morts précoces, sans croix, comme un linceul égaré sur les îles Éoliennes.

Je n'ai pas vu passer les heures, jusqu'à la présence de cet homme qui m'a fait un signe de la tête. Nos appareils photo à la main nous ont fait sourire. Le hasard m'a rappelé que nous nous étions croisés au Strongyle. Les hommes qui sourient ont le don de m'émouvoir. Je les crois épargnés par la vie. Nous avons discuté longtemps ensemble dans cet endroit insolite. Les ombres s'avançaient au fur et à mesure et donnaient l'incroyable illusion de déplacer les stèles sur ces tombes anciennes. Je frissonnais, et proposai à Thomas de rentrer. J'aimerais lui présenter Sebastián, tout en cet homme respire la bonté. Ce serait agréable aussi de se faire des amis pendant ce séjour. Nous avons bien besoin, Sebastián et moi, d'un nouveau souffle.

Elena

Je suis la comtesse Elena di Marzo. J'ai entendu parler du Strongyle par la famille Modenese qui y a séjourné plusieurs étés de suite. Le vieux Giuseppe s'est fait renverser par une voiture, au retour, sur une route de Calabre sans regarder d'un côté, ni de l'autre. Il faut dire que, à nos âges, il ne nous reste plus que l'insolence de nos actes. Et la famille Modenese a cessé de fréquenter Stromboli, tandis que je prenais modestement leur place. L'hôtel est dirigé par un Français, Guillaume de la Salle, souriant, mais plus intéressé par la bouteille que par ses clients. Je l'ai observé un soir, vider une flasque de whisky, discrètement, derrière sa main qui tenait une cigarette pour donner le change. Sa fille Giulia est belle, élancée et chaleureuse. Elle seule m'arrache un sourire. Rien à voir avec mes nièces qui ne s'intéressent qu'à mon argent. Quant à leurs mères, mes sœurs, il suffit de voir leurs sourires niais pour s'en éloigner le plus possible. Depuis que je suis tombée dans les escaliers chez l'une de mes nièces, j'ai perdu l'usage de mes jambes. C'est un des atouts de cet hôtel, il est parfaitement équipé pour une handicapée comme moi. J'ai engagé une infirmière depuis mon accident, Irina, la sœur de ce pauvre Giuseppe. Elle me suit à la trace. À mon âge, seule l'imagination trouve grâce à mes yeux. J'observe certains humains, je prends des notes dans mes carnets, je leur invente une existence sûrement meilleure, je les fais vivre dans mon théâtre intérieur, s'aimer ou se détester, je fais d'eux des vivants dans un monde qui s'éteint trop vite pour moi. Ce Matheo, par exemple, est saisissant. Un bel homme, taillé à la serpe, le corps noueux, le cheveu ras, et cette cicatrice comme une bagarre qui a mal tourné. Son œil est souvent aux aguets, son sourire est la grimace d'un singe à qui l'on n'apprend rien. Il faut le voir observer Guillaume et Giulia de la Salle pour comprendre qu'ils sont sa seule famille. Je suis certaine que son passé n'a rien de glorieux. Je le verrais bien bousculer mes nièces qui ne connaissent rien de la vie, ces petites prétentieuses qui roulent en Fiat, trompent leur mari, s'enivrent de champagne et font des enfants sans savoir qui est le père. Je sais qu'Irina, mon auxiliaire, ne dit rien mais qu'elle n'en pense pas moins. Elle scrute ma famille comme une araignée tisse sa toile. Elle se mord la lèvre supérieure à chacune des disputes qui ne manquent jamais d'éclater. Avec un certain entraînement, je la crois capable de tous les tuer. Ce qui est sûr, c'est qu'ils ne viendront pas à Stromboli. Aucun palace ne s'y est élevé. Les manières de l'île sont brusques, dénuées de style. En dehors des fonds sous-marins et de la montagne à grimper, aucun club à la mode, aucune enseigne chic, le sable est noir et caillouteux, les eaux très vite profondes, les petits diables risqueraient de s'y noyer. Moi, j'ai toujours apprécié ce lieu. J'ai escaladé le volcan avec Enzo lorsque nous étions jeunes mariés. Nous avons dormi au sommet, les yeux dans les étoiles. C'est interdit aujourd'hui. Et cette incroyable descente dans un tourbillon de poussière ébène tandis que les cailloux trébuchent sur la pente tout autour de nous. Je n'oublierai jamais. Irina et Matheo me conduisent parfois en voiture jusqu'à mi-sommet, et me plantent sur ce terrain ocre face au cracheur de flammes. Je les chasse de la main. Je laisse la nuit descendre sur moi sans quitter le sommet du volcan, tandis que Matheo et Irina dînent au restaurant. Comme une flammèche dans le noir, Enzo me tend ses bras, avant d'exécuter une danse où il tourne sur lui-même, pareil à un derviche tourneur. Je retire mes espadrilles avec ma canne, pieds nus offerts au vent, à la terre rude, et j'aimerais qu'on me laisse seule sur ce sol où nous avons été si heureux Enzo et moi.

Tom

Maman dit qu'on peut nager dans la piscine, mais surtout ne pas hurler en faisant une bombe. Elle ajoute qu'on n'est pas tout seul et elle offre son plus beau sourire de maman modèle à tous les allongés. C'est nul. D'abord personne ne nage dans une piscine. Les filles descendent les marches avec des petits cris débiles. Les garçons se laissent tomber comme s'ils perdaient l'équilibre et parfois noient leur petite sœur. Je m'approche doucement du bord, je me dévisage dans l'eau bleue. J'y vois aussi, et trop tard, le reflet de mon petit frère Corentin qui me pousse, et je plonge la tête la première. Évidemment personne ne l'a vu faire et maman me fait de grands signes de la main pour que je me taise ou ça va barder. Je reviens m'étendre sur ma serviette entre ma sœur Louise et Corentin. Je le pince pour me venger, en m'assurant avant que maman regarde ailleurs. Mais Gris a tout vu et me montre du doigt comme si j'avais mis le feu partout. De toute façon, ni maman ni papa ne peuvent le voir. Seuls Louise, Corentin et moi avons cette chance. Même si Gris n'est pas toujours de bonne humeur. En plus je suis vénère parce que je préfère la plage à la piscine, comme maman, mais là elle dit que les cailloux ça fait mal aux pieds et qu'on coule une fois dans la mer. Ça n'empêche pas Matheo de porter la vieille dame dans sa chaise roulante et de la poser au bord de l'eau, comme si c'était un paquet trop lourd. C'est nul parce que la dame n'est même pas en maillot de bain et, vu la chaleur, ça doit rôtir dans ses vieux habits. Son infirmière la suit comme un toutou. Je ne l'ai jamais vue se baigner non plus. Je me demande pourquoi venir au soleil si ce n'est pas pour disparaître sous l'eau. En plus je ne l'ai pas dit à maman, mais je suis allé nager dans la mer avec Gris. Il y a des vagues qui m'entraînent loin ou me ramènent au bord, roulé-panné, face contre terre, à manger le sable. C'est comme les manèges qui me mettent à l'envers, c'est trop bien. J'ai promis à Gris tous mes bonbecs pour qu'on y retourne. À ce rythme, je n'y goûterai plus avant Noël. Je sais que je ne devrais pas dire ça, mais j'adore Gris. Et Corentin et Louise aussi. Mais on a promis de se taire. Nos bouches sont cousues et pas un souffle d'air n'en sort. Maman fait le tour de la piscine, on dirait une pub pour une crème onctueuse. Elle met un pied devant l'autre et, juste sur le bord de la piscine, elle fait une pirouette qui la place aussitôt sur la première marche. Les allongés qui ont maté ouvrent grande leur bouche. Et moi je regarde le ciel bleu de Stromboli, avec son collier de nuages, trop content d'être en vacances. Je suis fier de mes parents acrobates. À la maison, papa m'apprend les exercices d'assouplissement, je fais le grand écart les doigts dans le nez. Enfin, j'ai dû bosser, ça ne vient pas tout seul. Avec Corentin et Gris, j'exécute cinquante pompes au sol, cent contre le banc. Louise me fait danser, mais ce n'est pas gagné. Je lui marche régulièrement sur les pieds. On a tout l'été devant nous, pas de soucis. La vieille sur la chaise roulante me regarde bizarre. Puis elle écrit un truc sur un petit cahier, j'aimerais bien savoir quoi. Parfois les grandes personnes, c'est plus compliqué que la serrure d'une maison. On n'a jamais la clé pour entrer.

Thomas

En fin d'après-midi, j'aime bien m'asseoir à la terrasse de l'hôtel Ossidiana, sur le port, et y rester suffisamment pour perdre toute notion de temps. J'y relis *Au-dessous du volcan* de Malcolm Lowry. Je tourne les pages, je relève la tête et regarde la mer si bleue, striée par quelques voiliers au loin, et des nageurs qui s'attardent en début de soirée, comme sur toutes les mers du monde. Leurs têtes, pas plus grandes qu'un poing, leurs bras pareils à des allumettes : des rêveurs qui tentent de s'approcher du soleil déclinant. Je ne cherche pas Emilio, il ne fait plus vraiment parti de ces nageurs qui rentrent au crépuscule, s'enveloppant de leurs serviettes jetées auparavant sur un transat. Aucun bateau, nulle barque ne l'a pris à son bord, les recherches n'ont rien donné. Je dois vivre avec son absence et je déteste ce soupçon d'espoir qui renaît dès que mon œil s'égare sur la surface dorée, presque aveuglante, tandis que la clarté décline à l'horizon. Je sens battre mon cœur, soudain, comme avant, quand je l'attendais et qu'il me rejoignait en retard, comme à son habitude. Je craignais que quelque chose ne lui soit arrivé.

J'imaginais le pire, une bagarre qui aurait mal tourné, une glissade qui l'avait cueilli à la sortie de la douche, un accident de voiture entre l'aéroport de Catania et ce café du port où je patientais. Je suppose que toutes mes craintes se sont avérées juste : le pire est bien survenu. Emilio a fini par disparaître en mer. J'ai cessé même de répondre à tous les messages, me terrant derrière le répondeur, m'éloignant un peu plus chaque jour de mes amis qui ont fini par comprendre qu'il me fallait du temps avant de revenir vers eux. Je n'avais rien à leur dire, je ne savais rien. J'ai voyagé à travers le monde. J'ai photographié des ruelles vides, des murs aux affiches de propagande arrachées, des ombres s'agrandissant sous le soleil, des blocs minéraux en équilibre, des colonnes graphitées, des marches ensevelies d'herbes que montaient autrefois de hauts fonctionnaires nazis, des tombes juives aux inscriptions recouvertes de pierres et de mousse, des chemins de terre, des clôtures, des flaques d'eau où se reflétaient des formes animales, et dans toutes ces images, que je le veuille ou non, j'ai libéré une part de mon chagrin, refluant un peu plus le souvenir d'Emilio. J'ai fait très peu de portraits ces années sans lui. Le vide m'attirait davantage. L'absence, la solitude, la mort. Stromboli est plus fort encore que tous ces paysages. C'est cette île qui me retient prisonnier de sa beauté sauvage, aride. Je me perds dans le dédale des rues blanches qui se rétrécissent pour finir sur une plage de rochers saillants. Je traverse l'une des deux églises au sol marbré. Tout est inscrit dans la pierre, sur un promontoire où mon regard se perd dans l'infini bleuté, tandis que le sol se soulève en une tempête de poussière, et que les lumières du port me ramènent au cœur de la ville. Je reviens à Stromboli, comme la seule bouée capable de me sauver depuis ce naufrage. Dès le pied posé sur le sol de cette île, une fois franchie l'étroite passerelle, je retrouve une sorte d'équilibre qu'aucun autre voyage n'aura égalé. J'ai connu le bonheur, ici, avec Emilio.

Guillaume

La vigne de la pergola s'enchevêtre en une incroyable harmonie de couleurs. La nature est bien faite. Les grappes de raisin sont suspendues comme des lampions, le vert des feuilles joue avec la lumière, se découpe dans le ciel bleu indigo, court le long des troncs, se desséchant parfois dans une teinte d'été indien. J'aime cette île, même si j'y étouffe. Je m'interdis toute relation avec une cliente. De toute façon, j'ai du mal à comprendre les femmes, je les trouve trop compliquées. Elles sont si bavardes, ou le contraire. Leurs vêtements de ville sont rarement adaptés à Stromboli. Elles paraissent trop apprêtées ou pas assez. La seule cliente qui m'intrigue est cette Américaine qui vient d'arriver. Abigale Cook. Elle ressemble à l'actrice Meg Ryan. Aussi spontanée. Abigale a des yeux gris, des mèches blondes, un sourire qui vous ferait chavirer, mais je ne peux faillir à ma règle numéro un : pas d'histoire avec une touriste de passage. Giulia ne me le pardonnerait jamais. Moi non plus. Matheo, qui me connaît mieux que personne, me charrie depuis que l'Américaine est au Strongyle. Mais je reste de marbre.

Je dois réceptionner toutes les livraisons quotidiennes de nourriture fraîche qui viennent du continent, vérifier que les chambres ont été correctement nettoyées, les draps blanchis et repassés, m'assurer qu'aucune climatisation ne tombe en panne, que les bouquets de roses blanches ont bien été disposés sur les tables de nuit, ainsi que la corbeille de fruits frais sur celle du salon. Je dois aussi inspecter le bon fonctionnement de la piscine chaque matin, tôt, avant l'arrivée des clients. Surveiller les haies à tailler, le constant balayage du sol. Préparer les menus avec le chef. Gérer le personnel. L'air étant très salé, je ne compte plus les chambres à repeindre, le mobilier à changer. Ce qu'on fait à l'automne. Au moins, le carrelage que Giulia a choisi pour les chambres est parfait, il suffit de veiller aux jointures. Alors faire le joli cœur auprès d'une cliente, franchement, ce n'est pas pour moi. Je regarderai Abigale de loin. Comme un homme marié qui ne songe pas à devenir infidèle. Quinze ans sans serrer la mienne dans mes bras. Quinze ans sans la moindre aventure. Je ne me cherche aucune excuse pour l'alcool. Mais il me semble que je m'y invente un refuge pour ne plus penser aux femmes, pour tenter de délaisser la mienne, perdre conscience du monde qui s'agite malgré moi et me rend dingue. J'ai beau me répéter que ce n'est pas normal de vivre ainsi, j'en oublie les années, je me lève le matin sans y penser, tout comme le soir. Ça me dégringole dessus comme la foudre, ce besoin de serrer quelqu'un contre moi, pareil à une balle qui rebondit contre mon bas-ventre, alors j'attrape la bouteille, je sens l'alcool me bruler la tête, et comme la plupart des gens qui en abusent, je suis soûl au deuxième verre. Je n'ai plus à penser à ma femme ni à toutes celles que j'ai aimées dans ma pauvre tête malade. Matheo a préféré louer une chambre au-dessus d'un garage à bateaux. Je sais qu'il y invite des touristes de passage, un brin éméché, je n'ai rien à dire. Je l'envie parfois. Je sais juste, quand je me réveille chez lui, et que Giulia vient me chercher, que je suis allé trop loin. Je n'ai plus qu'à tremper ma honte dans un café bien noir, aussi amer que les souvenirs vides de cette nuit-là.

Abigale

J'ai suivi ses instructions au mot près. Je n'ai pas dit à Alina, sa sœur, qu'Eytan et moi nous retrouvions cet été à Stromboli, si près de Lipari où nous nous sommes rencontrés. Depuis maintenant cinq ans, dans la villa que louent chaque été Alina et son mari. Je suis arrivée deux jours avant lui au Strongyle, pour repérer seule ces lieux. J'avoue profiter de cette magnifique piscine, pour dorer ma peau et le séduire davantage. Je l'appelle mon gredin, ce qu'il est dans ma vie diffuse. Avant lui, je m'attachais déjà à des voyous aux crânes rasés, capables de cambrioler un appartement ou pire encore. Je ne leur demandais jamais d'où venait l'argent avec lequel ils m'invitaient à dîner ou en week-end. J'aimais leur rudesse, leur intelligence limitée, et leur baratin qui me faisait presque tomber amoureuse. Ils étaient souvent mariés, eux aussi, je les repérais dans des clubs où la musique renvoyait toute discussion au néant. Je les embrassais avant de quitter les lieux et les ramenais chez moi ou à l'hôtel. Je m'habituais à eux, puis à leur absence. En dehors du lit, nous n'avions pas grand-chose à nous dire, et cela m'empêchait d'être malheureuse. Eux non plus ne tenaient pas à s'attarder, ni à me serrer trop fort contre eux. Une femme les attendait quelque part et pas question de la décevoir. Le mensonge est un art pour ces amants-là. Je les entendais parfois s'embourber au téléphone avant de raccrocher sur un « désolé, chérie, la réception est mauvaise, ça va couper », et me rejoindre au lit avec un air gourmand qui ne trompait que l'épouse. J'ai toujours voulu éviter les hommes comme Eytan. Brillant, cultivé, délicat, amoureux de l'instant, je souffre de notre relation qui dure depuis cinq ans. J'ai chassé quasiment tous mes voyous ainsi que leurs alliances. Je n'en ai plus qu'une seule aujourd'hui, Aysuda, dont je ne connais que la voix. Je l'entends respirer de temps à autre quand elle appelle dans la nuit. Ou parler vite et fort comme si sa conversation avec Eytan était limitée, lui prenant nos heures à nous, avec des mots doux et rassurants, lui restant calme, jamais en colère, comme s'il savait la partie déjà gagnée. Impassible, tout à elle, jusqu'à ce que le flot de paroles se tarisse, laissant place au rire, comme une délivrance, un acte d'amour délié de toute inquiétude. Puis, le portable posé n'importe où, revenant à moi, au lit, avec ce faux air inquiet, déjà pardonné. Pour le garder, je n'ai jamais envisagé la moindre scène, mon air boudeur aussitôt déridé par un de ses pincements, sa bouche sur la mienne pour y sceller tous nos démons. Cinq ans déjà, que nous nous retrouvons en Italie, chaque printemps, chaque été, en Toscane, en Ligurie ou à Amalfi, sur la côte amalfitaine. J'ai tout l'hiver pour déprimer, loin d'Eytan qui vit à Londres avec Aysuda, collectionnant ses messages à toute heure du jour et de la nuit et quelques appels, toujours en fonction de son emploi du temps à lui. Je reconnais qu'il m'appartient lors de ces escapades italiennes. Je le laisse s'éloigner avec son portable, je détesterais gâcher à la fois ces instants légers et intenses en sa compagnie. Je suppose que rien ne serait semblable si je vivais avec lui. Et pourtant je le désire parfois, dans les bourrasques d'automne, recroquevillé dans mon lit vide, regardant des séries addictives, un pot de mousse au chocolat posé sur mon ventre. Ou l'hiver, à Paris, quand je remonte les quais de Seine en courant, laissant le froid s'insinuer en moi, glacée par son absence, comptant les jours qui me séparent encore du printemps.

Elena

Giulia est un ange. Elle m'a proposé une promenade vers le port, afin d'assister au coucher de soleil. L'air est encore empreint de moiteur, je suis bien heureuse de ne pas avoir pris de lainage comme me l'a conseillé cette charmante enfant. J'ai toujours pensé qu'il fallait suivre les conseils des autres avec parcimonie. J'ai appris qu'elle n'avait pas connu sa mère et que son père l'a élevée avec Pippa et Matheo. Ce n'est pas elle qui me l'a dit, mais Pippa, entre ses dents serrées. Une vraie Sicilienne à qui il faut arracher les mots. J'ai l'habitude, vivant à Palerme. Je ne décèle en Giulia aucune fragilité, si ce n'est ce sourire magnifique dont elle me gratifie chaque fois que nos regards se croisent. Qui sourit encore aujourd'hui en dehors du personnel qui se moque bien de savoir qui vous êtes vraiment ? Je sens une chaleur vraie autour de son sourire. Cette petite a une âme hors du commun, j'en suis certaine. Je l'ai noté d'ailleurs dans un de mes carnets. J'ai tenté de l'amener à me parler de sa mère, mais elle s'y refuse. Giulia dit qu'elle n'a rien à raconter, puisqu'elle ne l'a pas connue, et que le passé doit rester où il est. Je l'ai fixée, la bouche arrondie, pas un mot n'en est sorti. Cette petite est surprenante. Et encore si jeune. À mon âge, la mémoire est une chambre aux volets ouverts. On y voit la lumière, on y entre par effraction. Mon Enzo, épousé à Palerme, à vingt ans, fringant jeune officier, et moi, toute de blanc vêtue, une longue traîne en dentelle ajourée tenue par mes demoiselles d'honneur, sous le regard noir de ma chère mère. Elle n'a jamais aimé Enzo, qu'elle jugeait bien trop pauvre pour me rendre heureuse. Giulia ne perd rien en n'ayant pas connu sa mère. Elles exigent pour leur fille ce qu'elles n'ont pas eu à leur mariage, ni après. Enzo a été malmené par ma mère toute sa vie. Elle ne le trouvait jamais assez élégant, ni éloquent dans ses dîners mondains où elle invitait des hommes célibataires dans l'esprit de me divertir de lui. Enzo est devenu un commissaire redoutable et apprécié, qui a résolu nombre d'affaires dans les années quatre-vingt-dix, dont l'affaire Massari qui a fait grand bruit en Sicile. Nous avons vécu heureux jusqu'à son décès accidentel une nuit d'hiver, un chauffard ivre ayant perdu le contrôle de son véhicule. La même année, j'ai aussi perdu ma mère, j'ai cru ne jamais m'en remettre. Mes amies me conjuraient de faire mon deuil de ces deux êtres tant chéris, comme on avalerait une aspirine pour ôter le mal de crâne… On ne fait jamais le deuil de ceux qu'on aime. Ils vivent à jamais en nous, dans le souvenir, et pas seulement. Il m'arrive de questionner Enzo quand je dois prendre une décision difficile. Ce n'est pas rare qu'un merle se pose sur le rebord de ma fenêtre. Je vois Enzo partout, une partie de moi s'en est allée avec lui. Je voyage plusieurs fois par an, l'argent que m'ont laissé mes parents me le permet. Je rencontre parfois des êtres d'exception qui contiennent chacun un morceau de mon défunt Enzo. Je les reconnais assez vite à cette étincelle que n'ont pas le commun des mortels. Et avec ce que j'ai pu observer ici au Strongyle, Giulia et le photographe allemand en sont pourvus. Peut-être même ce chirurgien avec lequel j'ai échangé quelques mots au bord de la piscine. Anton. J'apprécie quand il attrape sa femme par son regard pénétrant. Ces deux-là s'aiment sans frontière. Mes carnets recouverts de moleskine, que je commande dans une papeterie de Palerme, sont gribouillés de mes notes depuis plus de cinquante ans. J'essaie de déceler l'indicible de ce que j'observe. Je n'ai pas la prétention de tenir un journal. Seulement des moments de vie griffonnés, des silhouettes redressées par des adjectifs, comme cet enfant, Tom, qui parle tout seul. Un peu comme moi, finalement, avec les merles. Je sens que je vais apprécier mes vacances siciliennes. Face à moi le ciel s'embrase. Le rouge et l'orange incendient le port avant de disparaître derrière le volcan. La mer, elle, semble respirer, dans cette lumière non définie entre le jour et le crépuscule, soulevant les vagues à l'infini qui viennent s'épuiser au rivage. Giulia est restée silencieuse. Je me doute que le feu brûle en elle. Il faut toujours se méfier des apparences.

Thomas

Je me suis levé tôt ce matin, assez pour avoir couru sur les sentiers autour du volcan, casque aux oreilles, et pour me retrouver seul dans la salle à manger, aux hauts murs blancs, peints à la chaux. Le carrelage est frais sous le pied, des tomettes rouges, quelques plantes vertes tout autour de la salle, et une vingtaine de tables sobrement vêtues d'une nappe ivoire. Le buffet est dressé sur deux d'entre elles, de quoi satisfaire le plus difficile d'entre nous. Je me contenterai d'une paire de saucisses, d'œufs brouillés et d'un café frappé. J'ai pris mon appareil photo avec moi. J'ai envie de retourner au vieux cimetière, et de poursuivre mon chemin aux alentours du cratère. À Stromboli, mieux vaut se promener très tôt pour la beauté de la lumière sur le sol cendré, ou tard après dix-neuf heures, le ciel incendié agrandissant le regard. La température, accablante l'été, atteint facilement quarante degrés à l'ombre vers treize heures. Je préfère rester dans ma chambre la plupart du temps, bercé par l'air conditionné, et mes livres. J'adore nager. Explorer l'infinie profondeur des eaux autour des roches émergées. M'allonger sur une serviette ou sur un transat, offert au soleil, non merci, je laisse cela aux autres. Je supporte difficilement la chaleur, je transpire abondamment, je déteste me montrer ainsi. Plus jeune, ma mère levait les yeux au ciel quand elle me voyait trempé. Elle me renvoyait aussitôt me changer, et cela autant de fois qu'il le fallait. Je me sentais humilié. Je suppose que ce souvenir m'a marqué. Je pense à elle dès que je sue. Je pense à elle souvent. Elle n'a pas connu Emilio. J'aurais aimé. Elle s'est éteinte comme une journée sans fin, d'un cancer du pancréas. On espère voir vieillir ses parents, on se retrouve seul dans le miroir à détester ses premiers cheveux blancs, comme si le chagrin pouvait tout empêcher, des rides aux poches sous les yeux. Le ventre aussi, mais je me surveille. Je fais beaucoup de sport, en salle, à Berlin, où je vis. Je marche, et me déplace rarement sans mon vélo. J'approche la cinquantaine, je suis grand, un mètre quatre-vingt-dix, plutôt corpulent. Les gens se retournent parfois sur mon passage, mais je n'entends rien à cela. J'ai connu des hommes avant Emilio, peu, je suis lent et méfiant, la nature humaine me perturbe et me déçoit. J'ai fait de brèves rencontres que j'aurais adoré poursuivre, en voyage, le temps d'une traversée en bateau, à la terrasse des cafés où j'aime perdre la notion des heures. Je ne suis pas farouche, je ne crains personne, je sais me défendre si nécessaire. Je me fais souvent une opinion dès le premier regard. Certains silences en disent plus long que les belles paroles. J'ai toujours pensé que les faits soulignaient la valeur des êtres, et non leurs mots qui vous ensorcellent. Je revois encore Emilio, sur ce quai à Valparaiso, au Chili, assis sur son sac de voyage, le regard dans le vague. Je l'ai photographié avant de l'aborder. Jamais je n'aurais pu imaginer que nous allions vivre, lui comme moi, une merveilleuse histoire. Emilio était bien plus sauvage que moi. Plus réservé même. Plutôt discret sur son métier de comptable. Nos quinze ans de différence ne nous ont jamais embarrassés. Emilio se passionnait pour l'histoire, je ne crois pas l'avoir vu lire un seul roman. Il est né brièvement en Turquie, et a été aussitôt rapatrié en Italie. Se promener avec lui dans les galeries d'une exposition était un moment rare, quel que soit le pays, ce sentiment que rien ne lui échappait, que toutes ses lectures et ses connaissances en avaient fait un guide hors norme. Nos dix ans de vie commune ont balayé mon existence pour y mettre de l'ordre. Je lui dois ce qu'il me manquait avant lui : un équilibre immuable comme une fondation et la maison qui y repose.

Guillaume

Hier soir, j'ai passé la soirée avec certains guides saisonniers qui emmènent les touristes au sommet du Stromboli. L'un deux, Gaetano Conti, est un peu comme le fils que je n'ai pas eu. Il fait des études d'architecture à Milan et séjourne une grande partie de l'été à Stromboli pour pouvoir les payer. Ses grands-parents étaient propriétaires d'une maison ancienne tout près de l'église San Vincenzo. Il y organise occasionnellement des soirées où j'aime me rendre seul. Quelquefois, j'y vais avec Matheo. J'ai promis à Giulia de l'emmener cet été pour ses quinze ans. On y boit beaucoup, on y danse, on se baigne parfois, tout habillé, dans la piscine au bleu cobalt. Gaetano est très bricoleur, il vient souvent au Strongyle pour réparer des fissures, ou des inondations, il sait manier la plomberie et la menuiserie avec précision, il nous est très utile à l'hôtel. Giulia l'apprécie bien, ils ont quasiment grandi ensemble sur cette île, au fil des étés. Nous organisons deux fois par mois avec lui une excursion sur le toit du volcan. Nos clients louent le matériel près de l'église, généralement des chaussures de marche, de hautes chaussettes d'hiver, un anorak car les nuits sont fraîches pour grimper le flan du volcan, des bâtons de ski, un casque, un masque antipoussière pour la descente, et une torche qui se fixe par l'élastique autour du casque, obligatoire à partir de huit cents mètres d'altitude. Le faisceau balaye à quelques mesures devant soi, et le soir, le long de l'à-pic, ressemble à une cohorte de lucioles égarées dans un paysage lunaire. Gaetano a rénové la maison de ses grands-parents, après leur décès, en une succession de pièces aux portes grandes ouvertes qui donnent un sentiment d'espace depuis la cuisine jusqu'à sa chambre. De grands et hauts miroirs se font face, tout le long, agrandissant chaque pièce. Le sol est jonché d'éclats de roche, y marcher pieds nus réchauffe la peau. Les murs sont blancs, recouverts sobrement de photographies des Dolomites. Je sais qu'il y fait venir des filles peu farouches, c'est de son âge. J'adore ces moments avec Gaetano où nous parlons de tout, avachis dans des chaises longues, une bière fraîche à la main. Je m'y attarde fréquemment. Il y a beaucoup de pudeur chez cet homme-là, je me reconnais en lui. Parfois nous essayons d'élargir nos conversations, mais je ne parviens pas plus à discuter de ma femme, que lui de son père. Nous nous heurtons à une paroi, comme le ressac des vagues, où rien n'est franchissable. Je sais juste que son paternel est en prison et qu'il se refuse à lui rendre visite. Le silence, ce jour-là, nous a bouleversés l'un et l'autre, il nous a fallu un certain nombre de bières pour le briser. J'ai dormi chez lui, dans une chambre d'ami, sans me déshabiller. Se réveiller à Stromboli avec un mal de crâne, l'été, est la pire chose qu'il puisse arriver. La journée est foutue. Les cloches de San Vincenzo résonnent comme une tête prise dans un étau. La chaleur vous pique comme mille aiguilles. Le regard de Matheo n'est pas toujours celui d'un frère d'armes. J'y décèle parfois de l'agacement. Quant à ma Giulia, elle fait mine de ne rien voir, elle me demande mon avis sur de nouvelles nappes qu'elle a chinées sur l'île de Panarea, ou sur son potager où elle fait pousser des tomates, des courgettes et toutes sortes d'herbes pour la cuisine. Je suis fier d'elle mais ces mots ne passent jamais mes lèvres. Elle ignore que sa mère adorait les potagers, tout comme elle.

Giulia

J'ouvre grands les volets. La lumière inonde ma chambre et me chauffe le visage. Je ferme un instant les yeux. Je ne pense à rien. Puis, j'enfile un short et un vieux T-shirt, et je descends prendre mon petit déjeuner dans la salle blanche. Je salue de la tête les quelques clients déjà attablés. La famille Lebrun et leurs trois enfants, dont Tom qui me tire la langue. Les Kaya, Sevda et Anton, un couple magnifique qui vient d'arriver d'Istanbul. Elle m'a dit hier soir être originaire d'Izmir en Turquie. Elle ne craint pas la chaleur. Ses longs cheveux bruns sont ramenés sur le côté. Elle fume de longues cigarettes fines qu'elle tient délicatement entre ses doigts. Elle recrache la fumée en levant légèrement la tête, vers le ciel. Ses mains sont ornées de bagues dorées ou serties de pierre, comme l'émeraude ou le saphir. Autour de son poignet, une montre de luxe, recto-verso, et des bracelets en tissus orangés ou bleus. Elle porte souvent une chemise d'homme, peut-être empruntée au sien, qu'elle ne ferme jamais. Elle ôte régulièrement ses lunettes de soleil, vous regarde droit dans les yeux. On dirait qu'elle exige davantage de vérité. Lui paraît pensif. Il observe sa femme à la dérobée et sourit comme s'il se remémorait un souvenir avec elle. Il est peu bavard comparé à sa femme. Il acquiesce, et passe une main sur ses tempes argentées. Ses cheveux en bataille ne semblent pas coiffés. Ses yeux bleus, lorsqu'ils se posent sur les miens, y restent un long moment, assez pour me déstabiliser et baisser la garde. J'ignore tout des hommes encore, mais celui-ci n'est pas du genre à apprécier la solitude. Il émane de lui une grande liberté et une réelle joie de vivre. C'est un chirurgien très réputé, m'a dit papa. Ses larges mains sont rassurantes. Je n'aurais pas peur si j'étais soignée par lui. Mais je ne m'intéresse pas plus à lui qu'Anton à moi. Je suis une adolescente, un bout de femme pas suffisamment grandie. J'ai plus envie de parler à sa femme, avec son œil bienveillant. Hier soir, j'ai donné un coup de main aux cuisines, deux de nos employés nous ont fait faux bond au dernier moment. J'ai servi les desserts au restaurant dont le *cannolo*, une spécialité d'ici avec sa coquille fourrée de crème et de ricotta que m'ont réclamé Sevda Kaya et Abigale Cook, une jeune Américaine ravissante au sourire ultra fondant. Je ne suis pas la seule à l'avoir remarquée, mon père est différent en sa présence. Je ne lui connaissais pas cette gaucherie qui m'émeut, et cette virgule énorme qui ferme presque ses yeux. Je pense que je pourrais être amie avec Abigale, elle a l'air si naturel. Elle me sourit fréquemment à la réception ou dans les allées qui mènent des chambres au patio. Je sais qu'elle ne va pas rester seule longtemps, un homme la rejoint, un certain Eytan White qui vient de Londres. J'ai décidé ce matin de l'aborder, après le petit déjeuner. Elle n'est pratiquement jamais à la piscine. Elle préfère la mer. Il me faut traverser la route, longer un long chemin de désert noir et de cailloux, cerné par des bambous jaunis par le dard caressant du soleil, avant d'accéder à notre plage, aménagée au bord de mer. Les transats et nos parasols sont rouges, le sable est noir ici, comme sur tous les rivages de Stromboli. Le pied s'enfonce dans une eau teintée de petits galets sombres qui déséquilibrent plus d'un touriste ici. Mais pas Abigale, étendue sur une serviette jaune, qui relève ses mèches blondes et plisse légèrement les yeux avant de chausser ses lunettes teintées. C'est à ce moment-là que je m'approche d'elle et lui demande si tout va bien.

Abigale

Nous profitons, Giulia et moi, d'une petite heure au soleil. Ici au bord de mer, nous sommes tranquilles, peu de clients de l'hôtel apprécient cette plage presque sauvage, où l'on perd pied à deux mètres du bord. Seuls les bons nageurs y viennent parfois, comme Lior, Thomas ou Anton, longeant la plage sur plus d'un kilomètre. Trois hommes que j'aurais volontiers abordés, si Eytan ne me rejoignait pas d'ici demain. Le fait qu'Anton soit marié ne me gêne pas, on voit tout de suite que cet homme-là trompe sa femme, à son œil qui s'allonge sur vous comme s'il tentait de vous mesurer. Je suis habituée aux hommes mariés, à croire qu'il n'y a plus un seul célibataire pour moi. Thomas n'a pas l'air de l'être et la petite Giulia semble en savoir long sur lui, mais elle refuse d'en dire trop, tout comme Lior, je m'en ferai une opinion moi-même. Au moins les secrets avec Giulia seront gardés. Je lui ai proposé d'aller sur le port et au centre ce matin, pour un shopping entre filles. À quinze ans, elle est absolument irrésistible et quelque chose me dit que ce sera son été. Avec sa bonne humeur permanente, elle attire plus d'un regard. Souriez aux inconnus dans une foule, vous serez surpris par ceux qui vous répondent. Peu de gens sont solaires, finalement. L'existence se charge de raccourcir toute joie de vivre. Dans les transports en commun, ou n'importe quel rassemblement, le seul moyen d'y résister est d'écouter la musique à fond et d'envisager cette foule anonyme comme les figurants d'un clip déviant. Ou d'être dans les bras d'Eytan, bientôt ici, ou dans n'importe quel palais au fin fond de la Manchourie. Cet homme sait vous faire oublier le passé et l'avenir. Seul le présent compte avec lui. Je me fiche bien de son alliance, et que rien ne puisse se construire en dehors de ces parenthèses. Je suis libre d'aimer qui je veux en dehors de lui. Je l'ai compris grâce à Eytan. Nous ne pourrions voyager autrement. Je ne serai jamais sa femme. Je ne connaîtrai de lui que le meilleur, loin de tout artifice quotidien. Eytan m'adresse de longs messages une bonne partie de l'année. Il me parle très peu de ce qu'il partage avec Aysuda. Je ne demande rien non plus. Je me plie à son désir d'une escapade romantique. Trois nuits à Venise. Quatre à Lisbonne. Un long week-end dans son appartement de Londres, quand sa femme voyage. Ou à Majorque où nous avons aussi nos habitudes. Je n'en reviens pas de son détachement. Je me dis qu'il doit m'aimer un peu pour ça. Nos parenthèses me suffisent presque. J'ai des amants de passage, parfois, lorsqu'il me manque trop et que je ne peux rien réclamer. D'autres hommes mariés qui ne veulent rien qu'un bon moment. Je n'en souhaite pas davantage. Des mauvais garçons qui ne cherchent pas à briller en ma présence. Je leur demande seulement d'être de bons brigands au lit. Tout cela je le dis à Giulia pour qu'elle se fasse une idée des hommes à son tour. Elle apprécie mon franc-parler, tout comme j'envie encore sa jeunesse. Mon premier amour m'a fait terriblement souffrir. J'ignorais même qu'il était possible d'avoir autant mal. Un Français qui s'appelait Maxime et a disparu sans me laisser de mot. Nous étions heureux, j'ignorais tout de lui. J'ai cru que le sol s'entrouvrait sous mes pieds. J'ai pensé ne jamais remonter. Et je me suis promis de ne plus jamais m'investir autant. De garder mon autonomie. Je suis amoureuse d'Eytan, je risque peut-être un jour de le regretter. *Tomber* amoureuse. Quelle étrange expression. L'amour et son vertige. Comme si aimer, au fond, n'était qu'une longue chute. Il arrive toujours un moment où l'on retombe sur ses pieds, dans le meilleur des cas, ou le cul à terre la plupart du temps.

Sevda

J'ai préparé nos affaires pour nous rendre à la plage. J'ai gardé mes bracelets en tissus colorés à mon poignet, rangé ma Jaeger-Lecoultre dans une trousse, abandonné mes bagues dans le tiroir de la table de nuit qui dessinent des anneaux blancs autour de mes doigts. J'aime la noirceur de ces galets polis par la mer dont le roulis incessant me fait penser à nos vies. Jamais je n'aurais pu imaginer, dans mon enfance à Izmir, un destin semblable à celui-ci. J'ai étudié la médecine à l'université d'Istanbul pour les mêmes raisons qu'Anton. J'ai perdu ma mère à l'âge de dix-sept ans, et mon père m'a éloignée volontairement pour que je n'en sache rien. Fille unique, j'ai été élevée comme le garçon qu'ils rêvaient d'avoir. J'ai appris en cachette la boxe et la lutte, peu communes aux femmes turques. Je sais me battre et je ne m'en privais pas. Je tenais le sexe masculin à distance, je n'avais pas une seule amie à qui me confier. À l'université, je travaillais sans relâche, j'ai réussi tous les examens, et je me suis tournée vers le métier d'infirmière. Je voyais dans cette option comme une retenue, je devenais un soldat de l'ombre.

Je ne cherchais pas à briller, j'aurais pu être chirurgien comme Anton, mais je n'ai pas fait ce choix. Je n'étais pas assez ambitieuse. J'ai exercé à Istanbul puis jc suis revenue vers mon père à Izmir. Il se faisait vieux, la mort de ma mère l'avait anéanti. Il ne cuisinait pas, oubliait de prendre ses médicaments, refusait souvent de se changer. Pourquoi l'aurait-il fait ? Ses journées se limitaient au lit et à la télévision, comme le pire des remèdes. Je suis restée jusqu'à son décès et même au-delà. Pour quelles raisons aurais-je quitté ce lieu où tant de souvenirs me hantaient ? Je l'ai simplement rafraîchi, puis jeté tous ces coussins poussiéreux où la tête de mon père s'était si régulièrement imprimée. J'ai lessivé chaque mur pour en ôter la crasse. J'ai tout repeint en blanc, une pureté réfléchie pour éviter de songer à la pénombre. Peu à peu, j'ai changé les meubles, fait pousser des rosiers sur la terrasse, revendu sa collection d'Iznik, ces céramiques pareilles à celle de la Mosquée Bleue, que j'ai remplacées par le poids de mes lectures. Où que mon œil se pose, plus rien ne leur appartenait, je pensais en avoir fait le deuil. J'étais orpheline quand j'ai rencontré Anton. Mon métier me confrontait chaque jour à la souffrance. Je ne connaissais rien à la vie. Je n'avais fait qu'étudier et vivre dans l'appartement de mes parents disparus. Je ne m'étais liée avec aucun étudiant à l'Université, ni avec le moindre médecin dans les hôpitaux, uniquement avec quelques patients de passage qui retournaient à leur destin ensuite, ou décédaient en ces lieux. Je n'étais en rien réfractaire, je savais me rendre agréable, juste ce qu'il fallait pour ne pas prendre un verre ou se retrouver autour d'une table. Je tenais à rester une fille sauvage, pas facile, peu bavarde, tous s'en contentaient. Trois fois par semaine, je me rendais au sous-sol d'une salle de sport près de la place de l'Horloge, Le Club, encadrée d'immeubles modernes, en front de mer. Cet espace, régulièrement battu par les vents, me donnait envie d'avancer contre eux, avant de m'engouffrer dans un de ces bâtiments. Au sous-sol, je devais présenter ma carte de membre qui seule me laissait entrer. La pièce semblait immense et puissamment éclairée. Les rares fenêtres paraissaient basses, un peu comme des soupiraux. Les stands, surélevés tels des podiums. J'avais tous les partenaires que je désirais. Ici, il n'était pas question d'être amis. Ils me détestaient d'être la seule femme admise parmi eux. Cela ne me donnait aucun passe-droit, bien au contraire. J'étais pourtant là, comme eux, pour me battre.

Lior

Au Strongyle, je passe mon temps sur la plage privée de l'hôtel. Elle est moins fréquentée que sa piscine et plus rugueuse, malgré ces transats rouges d'un effet contrastant. Je suis comme les habitants d'ici, je pose mes pieds nus sur ces galets informes, je n'ai pas peur de m'y enfoncer ou de trébucher. Je pourrais marcher sur le fil d'un équilibriste, j'en suis certain sans l'avoir jamais tenté. Il suffit d'entrer dans l'eau, la mer vous embrasse et vous emporte loin. Je suis à l'aise dans cet élément, je peux y nager des heures. Je peux même rester longtemps sans respirer sous l'eau, bien au-delà de la moyenne. J'atteins plus de quinze minutes, mais je n'en ai jamais parlé à personne. Je n'en tire aucune gloire. Je n'aime pas être mis en avant. Et puis je ne l'ai fait qu'une seule fois, pour sauver ma mère, et je ne tiens pas à m'en souvenir. C'est ce qui me ramène toujours ici, comme si mon destin et Stromboli se confondaient à s'y méprendre. Mes parents sont heureux à Naples, où ils sont retournés un mois après la résurrection de ma mère. Dans les rues peintes à la chaux en pente de cette île, je la revois pourtant, accrochée au bras de mon père, découvrant ces lieux qui allaient précipiter sa perte. Elle semblait émerveillée par les grappes de bougainvilliers qui surgissaient entre les murs et se mêlaient aux effluves de jasmin. Elle baissait son chapeau à larges bords pour se protéger du soleil, et ses mains, dissimulées sous de longs gants blancs, relevaient la coiffure à l'entrée de notre maison. Elle ne voulait rien perdre de sa promenade et le moindre pas l'enchantait. Jamais je ne l'avais vue aussi heureuse ailleurs. Comment papa aurait-il su qu'il la condamnait en faisant de l'île un lieu de villégiature ? Elle s'était assise sur le rebord, près de l'église San Vincenzo, me prenant sur ses genoux, face à la mer. Je me souviens de cette place comme un de mes premiers souvenirs de Stromboli. Immense, elle offre plusieurs destinations à la fois. À la croisée des chemins, comment toutes ces personnes savent se diriger ? Moi, j'aurais pris un chemin au hasard pour voir où il me conduisait. Je serais descendu vers ces champs d'oliviers, dans ce couloir d'arbres centenaires pour mieux m'ombrager. Ma mère n'a emprunté qu'une fois ce sillon. Il redescend simplement vers le port. Une fin d'après-midi, la veille de sa maladie, où nous remontions tous les trois, avec papa, cette route qui bordait notre maison blanche. Depuis, je me refuse à utiliser ce parcours pour rejoindre le port. Je sais que plusieurs voies y mènent, j'évite le couloir des arbres centenaires, comme le corridor qui précède l'exécution. Tout, dans sa maladie, m'a paru symbolique par la suite. L'arbre malade dans notre jardin, au tronc constellé d'épines, n'était qu'un signe parmi les autres. Personne n'a su ce dont il souffrait, et comment il a pu guérir au même moment que ma mère. Je me rappelle encore mes pieds nus sur la pierre recouverte à la chaux tout autour de la maison, je faisais le tour des centaines de fois sans pouvoir m'arrêter. Je devais délimiter sa présence, puis sa maladie, en les attachant par une corde imaginaire que j'ancrais à chacun de mes tours. Je n'entrais jamais dans sa chambre. Je détestais ce teint cireux sur son visage, cette immobilité que rien n'altérait, ni le vent qui entrait de force par les fenêtres soufflant sur ses paupières résolument fermées. Je n'aimais que la mer, sous laquelle je disparaissais en pensant à elle. J'aurais pu mourir sans doute, mais penser à elle ce jour-là, sous les profondeurs, nous a sauvés aussi.

Tom

Papa a loué un bateau, après avoir parlé des heures avec un pêcheur, assis sur un rebord en pierre, dos à la mer. Le marin semblait si vieux, que j'ai été étonné qu'il ne meure pas sous nos yeux. Il a rejoint, pieds nus, son Ape, le taxi local, un truc à trois roues, avec un petit abri rien que pour lui, pour se protéger du soleil, tandis que les touristes cuisent à l'extérieur, c'est-à-dire nous. Court sur pattes, le monsieur avait une chevelure blanche abondante, le visage noir comme un pruneau, une barbe monstrueuse lui mangeant la bouche et les oreilles. Pieds nus bien sûr, pas propres, et des petits yeux perçants à qui on l'a fait pas. Je pense que papa a loué le bateau au moins trois fois son prix. Maman porte un sac de marin, avec toutes nos affaires de rechange et des sandwichs et nos masques et tubas de plongée qui doit peser au moins une tonne. Ça se voit à son corps qui penche légèrement en arrière, tandis qu'elle lutte de toutes ses forces pour garder l'équilibre. Au port, on descend par quelques marches tandis que le bateau s'approche de nous. Il faut se hâter, des touristes nous précèdent, d'autres nous suivent, il fait si chaud que je me jetterais bien dans l'eau du port. Maman balance son sac de marin et part avec. Heureusement un jeune marin avec une boucle d'oreille dans le nez, le torse recouvert de tatouages, attrape le sac et maman d'une main solide qui la remet à l'endroit. Gris, Corentin et Louise sautent à pieds joints sur le boudin et rebondissent dans le bateau. Prudent, je pose d'abord un pied, mais le bateau s'avance et je me retrouve à faire le grand écart avant de me redresser, merci à mes deux cents pompes quotidiennes, et je finis par rejoindre l'embarcation. Maman s'est assise sous l'auvent, protégée par le drap blanc du soleil qui brûle à cette heure. Elle sort du sac la crème solaire et me la lance. Crémage des pieds à la tête pour toute la famille. Le vent tiède me fait du bien, tandis que le bateau s'éloigne du port. L'eau est belle, d'un bleu changeant, elle éclabousse les rebords et l'arrière du bateau et laisse derrière elle comme un sillon de crème qui se dilue dans la mer. Le volcan vu de plus près est aussi menaçant que les films qu'on m'interdit de regarder à la maison. Gris m'a dit que, la nuit, les barques défilent pour mieux défier le Stromboli, chargées de touristes et de caméras. Parfois la pente se montre sans végétation, comme si tout avait cramé et que rien ne pouvait repousser. Papa claironne qu'il s'agit de la *Sciara del Fuoco*, une sorte de toboggan par lequel la lave s'écoule jusqu'à la mer, quand ça barde là-haut. Gris dit que c'est super beau à voir. Normal, il n'a peur de rien. Des petites chèvres dévalent le chemin, pas plus grandes qu'une boulette de pain. Papa les photographie, à mon avis ça ne sert à rien. De là où il les fixe de son appareil, elles seront aussi grandes qu'un point blanc.

Louise laisse sa main, hors du bateau, frapper l'eau, elle rit et s'asperge, maman lui fait les gros yeux et elle pose ses deux mains sur ses genoux, genre petite fille sage. Ça ne va pas durer. Corentin fixe la montagne avec des yeux énormes. Le marin tatoué nous propose un bain de mer. Pas question, il doit y sommeiller des monstres horribles, jamais de la vie. Tout le monde dit oui et je me retrouve seul avec le marin et sa boucle d'oreille dans le nez. Il me dit deux ou trois mots en italien et ça le fait rire en plus que je comprenne que dalle. J'écarte les bras, impuissant. Je me dis que toute ma famille va se faire bouffer dans l'eau et qu'il ne me reste plus qu'à compter les tatouages du marin. Gris me crie que c'est hyper beau sous l'eau et très, très profond. J'attrape le dernier masque et me jette à l'eau, tant pis si je regrette après. De toute façon, un monstre m'aura avalé, et je n'aurai plus la tête à désirer quoi que ce soit.

Giulia

Je passe l'après-midi avec Abigale. Nous remontons la ruelle qui mène à l'église San Vincenzo, par le port, où de nombreuses boutiques se sont installées au fil des ans. Rien d'exceptionnel, tout a été conçu pour le touriste. Mais je me laisse tenter par une petite robe en coton blanc que l'Américaine tient absolument à m'offrir. Je l'entraîne déguster une granita aux amandes et une délicieuse brioche tiède, sur de grandes tables où des inconnus nous rejoignent. Abigale rayonne. Tous les visages ou presque sont tournés vers elle. Il y a chez cette femme une onde magnétique qui irradie comme ces lumières au crépuscule, où tout devient beau, de la plage au coucher du soleil, des visages où le regard s'anime d'une flamme inédite. La clarté du jour semble caresser la peau, tout est suspendu. Nous restons longtemps assises sur cette esplanade immense où trônent l'église et des groupes d'une dizaine de personnes qui se forment avant d'escalader Stromboli. Le guide explique ce qui les attend là-haut, vérifie qu'ils ont emporté assez d'eau, un peu de nourriture, que leurs torches fonctionnent.

On le voit bien ce cratère, sur la droite, cette masse gigantesque qui laisse éclater sa colère toutes les cinq minutes, impatient, imprévisible, tandis que son souffle se confond avec les nuages, suspendu au-dessus de son col, s'étalant dans le ciel, filant vers la nuit qui recouvre tout. Je prends Abigale par la main, nous redescendons vers la montagne avant de bifurquer dans une ruelle où la qualité des T-shirts est bien supérieure. J'en achète un pour papa, on y voit le volcan avec de belles traînées rouges comme une écharpe pour l'hiver. L'Américaine en prend un pour Eytan et me répète que je vais l'adorer. Il sera là ce soir, au bateau de dix-neuf heures. Abigale me demande de venir avec elle. Je décline, malgré mon envie. Papa serait furieux. Avec les années, elle se sent intimidée parfois par cet amant qui a pris tant de place dans son existence. Elle a changé pour lui, renoncé à sa vie d'avant, elle s'est débarrassée de ses principes. Elle a décidé de ne rien espérer, de prendre ce qu'Eytan lui donnait, trois fois rien, mieux que rien. Elle lui cache les amants pour passer le temps qu'elle trouve un peu long, automne comme hiver. Elle sait que son cœur ne bat que pour lui, quand elle voit son nom s'afficher sur le téléphone, avec cette photo prise à Lipari, où ils tirent tous deux la langue. Dès qu'il n'est qu'à quelques heures d'elle, et que tout se presse pour mieux les réunir. Lorsqu'elle est avec moi, dans les ruelles de Stromboli, et qu'il sera là au crépuscule. Elle sait que son rayonnement est dû à sa présence, qu'elle s'anime de mille feux sans le prévoir, que tout son corps s'élance vers lui, comme une force qu'elle ne contrôle pas. Je l'envie soudain, en remontant vers l'hôtel. Je ne connais rien encore à tout cela. J'en ai peur, je le désire. Je veux être emportée par une histoire où je n'ai rien prévu. Je pense à la colère de l'impétueux Stromboli, je pense à la mienne, adolescente un peu trop sage qui cherche aussi à briser les codes. Je serais prête à tout. À quitter cette île et mon père. Même si ça reste des mots. Je laisse toute la langueur m'envahir, et dans un semblant de fièvre écouter enfin les battements de mon cœur répéter à l'infini le nom du coupable. Une vague de chaleur m'envahit. Ces journées sont de plus en plus chaudes. Abigale m'a lâché la main en franchissant l'entrée de l'hôtel. Je me sens soudain seule dans un lieu familier.

Ethel

Je referme *Tabaré* de Juan Zorrilla de San Martín, un long poème en dix chants, publié à la fin du XIXe siècle, considéré comme un des grands chefs-d'œuvre de la littérature espagnole. Un livre qui retrace le destin des Indiens uruguayens, les Charruas. Partout où je vais, ce merveilleux poème me suit. N'est-ce pas l'auteur qui a défini l'Uruguay comme *le fleuve des oiseaux peints* ? Un souvenir si doux à ma mémoire, quand je me souviens de ce grand miroir où se reflétait mon frère Sebastián, déposant à la surface de ce fleuve de magnifiques oiseaux peints qui dérivaient entre nous. C'était avant que notre mère se décide à nous séparer, persuadée que nos mœurs étaient coupables. La chaleur, la moiteur de cette nuit, qui nous avaient réunis mon frère et moi dans les bras l'un de l'autre, loin des coups trop violents de notre père sur notre mère. Trop petite pour réagir, je me suis accrochée au lit, tandis que ma mère m'arrachait Sebastián que je n'allais pas revoir avant mes vingt ans. J'ai grandi ensuite en France, à Bordeaux, où j'ai fait des études de photographie. Mon frère était comme une pensée lointaine. Je le savais en Amérique du Sud. Mes parents soutenaient qu'il ne souhaitait plus nous revoir. Le remords, sans doute, a forcé Julieta, la sœur de notre génitrice, à tout me révéler un soir au téléphone. J'en ai perdu connaissance dans ma chambre d'étudiante, aux Chartrons. J'ai parlé longuement à mon frère et je suis partie aussitôt en Uruguay. Il vivait à Buenos Aires. Nous nous sommes donné rendez-vous à Colonia del Sacramento, la ville de notre enfance, à un ferry de chez lui. Pieds à terre, j'ai aussitôt retrouvé les odeurs de *parilla*, les saveurs d'*alfajores*, ces petits biscuits fourrés au *dulce de leche*, notre lien des origines à Sebastián et à moi. Je l'ai reconnu sans peine à la descente du Ferry. Nous aurions pu être jumeaux. Je me suis dit que, à défaut de grandir, nous allions vieillir ensemble. J'ai tout laissé derrière moi, même un fiancé choisi pour de mauvaises raisons. Il ressemblait à ce que j'avais imaginé d'un frère plus âgé. Je me suis mariée à Ézéchiel. Sebastián, à Julia. J'ai deux fils, lui, une fille. Le fleuve des oiseaux peints est terni depuis qu'on m'a séparée de Sebastián. Ma mère l'a enfermé plus de dix ans dans des institutions psychiatriques. Revenir à la surface ne lui pas été aisé. Je sais que ses cauchemars sont terrifiants. Je le vois bien s'agiter dans ce lit près du mien, au Strongyle. On lui a fait subir des traitements qui ne sont pas sans rappeler ceux des régimes totalitaires, douches glacées, isolements prolongés, brutalité, privation de nourriture, électrochocs. Sebastián se refuse à en dire davantage, mais je sais sans mal qu'il a vécu l'enfer pour des fautes qu'il n'a pas commises. Dix ans de son existence broyés le temps d'un poing fermé. J'ai toujours pensé que, ce matin-là, ça aurait pu être moi, l'enfant retiré à l'autre. Je n'aurais pas survécu à pareille injustice. Je me sens infiniment redevable. Je donnerais ma vie pour Sebastián, sans hésiter. J'ai vécu une adolescence imprudente, tandis qu'on le torturait loin de moi. Jamais je ne me pardonnerai d'être restée si insouciante envers lui, sur un mensonge de mes parents. J'en veux à Julieta d'avoir attendu si longtemps avant de tout m'avouer. Je me fiche bien de son remords. J'aurais voulu qu'elle soit humaine. Je suppose que nous ne sommes pas nés, Sebastián et moi, dans la meilleure des familles. Ni sous une bonne étoile, malgré nos heureux mariages d'aujourd'hui.

Thomas

J'ai pris seul le bateau pour Lipari, tôt le matin. Je souhaitais fuir Giulia et nos confidences, les épaules des nageurs à la surface de l'eau dorée qui me ramènent tant à celles d'Emilio. Nous étions une dizaine sur le bateau qui me faisait regretter celui qu'Ingrid Bergman emprunta en 1950 pour arriver sur l'île de Stromboli, débarquant à même les rochers, dans le film de Roberto Rossellini, *Stromboli*. J'ai reconnu ce client de l'hôtel sans peine, qui avait dû marcher sur mes traces, sans même me voir, sans un mot. Pourquoi l'aurait-il fait d'ailleurs, nous ne nous connaissons pas. À peine avons-nous échangé un signe au Strongyle, la politesse minimale pour ne pas passer pour des rustres. Sur cette embarcation, impossible de nous éviter. Nous décidons de nous asseoir l'un près de l'autre, d'un mouvement de tête. Nous échangeons nos prénoms. Le sien, Lior, est peu banal. C'est un bel homme. Un athlète roux aux yeux vert clair qui me font penser à de l'amazonite. Je l'ai remarqué sans le voir. Je suis difficile d'approche. Maladroit depuis le départ d'Emilio. Je me refuse toujours à dire *mort* d'ailleurs. Quelqu'un qui disparaît peut réapparaître, non ? La mer est agitée ce matin. Le bateau tangue légèrement. La cuisse de Lior vient heurter la mienne. Je ne crois pas l'avoir entendu parler depuis que nous nous sommes assis ensemble.

— Alors vous êtes photographe ?

— Oui, j'aime arrêter le temps.

Lior me regarde. Il a légèrement tourné sa tête comme s'il découvrait ma présence. Le vent s'amuse avec ses mèches. Son amazonite me trouble. Une large patte de poils descend le long de sa tempe avant de s'élargir en barbe rousse, flambée par la lumière du jour. Je me rends compte que sa cuisse est restée contre la mienne. J'en suis un peu gêné. Au loin le bleu de la mer est indigo, recouvert d'écume.

— Et vous, vous êtes océanologue, n'est-ce pas ?

Lior rit.

— Qui vous l'a dit ?

— Giulia.

— Ah oui, la fille du propriétaire. Intéressante gamine.

— Oui, presque une jeune femme.

Giulia n'a rien d'une gamine. Si Lior s'était intéressé à elle, il le saurait. Elle est la mère de son père. Orpheline d'une génitrice dont elle ne sait rien. Malmenée par le ressac des vagues qui l'empêche de retrouver son équilibre. Si je n'avais pas aimé les hommes, j'aurais pu être attiré par son énergie, ses boucles blondes qui irradient au soleil, lorsqu'elle penche la tête, ses épaules nues et brunes, et qu'elle m'écoute lui parler d'Emilio. Son empathie me plaît, ce don qu'elle a d'entendre, et de voir, tout comme moi, le dos d'Emilio surgir de l'eau, dès qu'il nageait la brasse papillon. La question ne se pose pas. Je ne suis pas amoureux de Giulia. Elle est ma petite sœur de peine, quand tout en moi s'éloigne du passé, et que sa vie à elle ne fait qu'émerger. Elle en sait suffisamment sur les malheurs d'autrui. Que ses amours commencent.

Lior

Cet homme est un ours de mer. Son corps massif se balance d'un pied à l'autre, tandis que nous rejoignons le quai. L'ancienne acropole domine le sommet de la plus peuplée des îles Éoliennes. Nous aurions pu prétexter un rendez-vous imaginaire, mais nous sommes restés au même pas. Une force d'attraction de ma part, une infinie politesse de sa sienne, probablement. Les Espagnols sous Charles Quint ont renforcé cette muraille qui domine la cité. Nous nous arrêtons un instant sur la Piazza Mazzini pour prendre un verre. J'avoue que son silence me plaît. Il force le respect. Le bavardage n'est pas mon fort. Et cette vieille habitude de préférer les fonds marins ne m'a jamais obligé à discuter avec les poissons. Thomas me sourit enfin et détend ses jambes. Je pense que je l'ai blessé en disant de Giulia qu'elle ressemblait à une gamine. Je l'ai vu à son regard sombre, à cette charpente lourde qui s'est légèrement tassée. Je ne me suis pas excusé. Ça aurait été une erreur. J'y reviendrai plus tard. Je ne sais pas ce qui m'attire chez ce rustre, probablement son attitude féline. Il a saisi son appareil et sans me le demander m'a photographié. Il a fixé l'écran au dos de sa caméra, visiblement satisfait. Puis il m'a souri encore une fois. Je lui ai dit qu'autrefois mon ancienne maison familiale était à quelques mètres du Strongyle, demeure dont mon père s'était débarrassé après le retour de ma mère à la vie, à la suite d'une longue maladie qu'aucun médecin n'avait su guérir. Au départ, il s'agissait d'une villa de vacances, que mes parents louaient chaque été. Mon père occupait un poste de diplomate à Naples. Il a abandonné ses fonctions quand ma mère est tombée malade à Stromboli. La villa d'été est devenue permanente. Les médecins se sont relayés à son chevet. Mon père les faisait venir de Chine, ou d'Australie. Aucun n'a su donner de réelles raisons à son état. Elle paraissait morte sur son lit, ne parlant plus, une partie de son corps paralysé, ne réagissant plus à la piqûre d'une aiguille. Pippa servait les cafés, l'alcool fort pour mon père qui s'enfermait dans son bureau, dérivant sur Internet à la recherche d'un nouveau spécialiste. À quinze ans, je refusais d'entrer dans la chambre de la défunte que mon père maintenait en apnée sous une tente d'oxygène, reliée à une centaine de tuyaux pour préserver ses fonctions vitales. J'étouffais sous la chaleur de l'île, faisant le tour de la villa pieds nus pour mieux la cerner, des milliers de fois. Je me suis brûlé la voûte plantaire sans rien ressentir. Je suis retourné à la mer, mon élément, mon salut. Je nageais autour de Strombolicchio, attiré par les profondeurs, comme si la solution à tous mes problèmes s'y trouvait. J'ai découvert une grotte à plus d'une vingtaine de mètres sous l'eau où j'ai repris mon souffle comme un noyé. Mes poumons se sont gonflés au maximum, j'ai avalé cet air des abysses, vacillant sur un rocher rongé par les lichens aquatiques. Je n'ai pu retourner dans cette grotte, dont l'accès semble avoir été obstrué par les méfaits du temps. Je doute même qu'elle ait existé ailleurs que dans ma mémoire. J'ai dû faire un malaise en remontant à la surface. Une habitude en plongeant plus loin, à chaque palier, pour repousser excessivement mes limites. Pourtant cette énergie inhabituelle en surgissant hors de l'eau, après être sorti de cette grotte, m'a dirigé comme un automate vers la porte de sa chambre. J'y suis entré tel un somnambule qui ne sait pas ce qu'il fait. Juste partager cette énergie hors norme, en parcourant sa peau blanchâtre, mains suspendues, de sa chevelure devenue presque grise à ses ongles de pied que plus personne n'enduisait de vernis. Je sentais sous mes paumes une chaleur soudaine chauffer mon corps, je percevais des empreintes de la taille d'un pouce sous sa peau à elle. J'ai retiré toutes les électrodes, ôté l'oxygène, défait délicatement les intraveineuses. J'ai recommencé sans cesse cet étrange massage dont la température m'est devenue insupportable. J'ai fini par perdre conscience. J'étais dans ma chambre lorsque je me suis éveillé. Je n'ai jamais su comment j'y étais parvenu. Mon père m'observait, souriant, sa main posée sur mon épaule, assis près du lit. C'est son sourire qui l'a trahi. Ma mère s'était enfin réveillée. Il semblait qu'elle avait dû, et elle seule, enlever oxygène, intraveineuses, et électrodes. Tout était débranché à l'arrivée de l'infirmière qui s'est évanouie en entendant le son de sa voix réclamer un thé bien chaud. Le ballet des médecins s'est remis à tourner à m'en donner le vertige. Ils n'en savaient pas davantage sur son étonnante guérison. La sortie du coma s'était faite aussi vite qu'un simple réveil matinal. Sa peau retrouvait son éclat, des mèches brunes remplaçaient ses cheveux grisâtres de la veille. Je n'ai pas dit un mot. Je me suis bien gardé de parler de la grotte et de ma présence entre ses murs. Je me suis même demandé si tout cela n'était qu'un rêve qui vous donne la sensation d'être éveillé. Je ne l'étais pas. J'ai refusé ce don qui l'a guérie.

Jamais je n'aurais songé raconter cette histoire à qui que ce soit. Je me rends compte que je tiens le poignet de Thomas. Je retire ma main d'un mouvement brusque, comme si elle me brûlait. J'allais m'excuser quand Thomas a saisi mon bras et m'a devancé :

— Surtout ne dis rien, Lior, ou tu gâcherais ce moment comme nul autre. Laisse-moi te regarder et, je t'en supplie, tais-toi.

Elena

On devrait se souvenir à jamais de l'instant même où le regard d'un jeune officier croise le vôtre pour changer votre vie à jamais. C'était à Palerme dans les années soixante-dix, à l'époque où les périphéries de la ville avaient été urbanisées, tandis que le centre historique restait à l'abandon. Palais baroques désertés, villa Liberty rasées (du nom de ce magasin à Londres), alors que nous étions influencés, entre autres, par l'art britannique. Comme mes proches, j'évitais le centre-ville, devenu un véritable vivier de la Mafia. J'étais trop jeune et insouciante pour savoir ces choses-là. Je ne l'ai su que bien après. J'ai vu Enzo pour la première fois dans un café bruyant et enfumé. Nos terrasses tournaient le dos à la mer, personne ne s'y baignait, on la savait trop polluée. Nous nous retrouvions dans ces tavernes aux alentours de la ville, et vivions nos premiers frissons. Ce n'est pas son uniforme que j'ai remarqué en premier, mais son sourire. Il était incapable de parler ou de crier sans le brandir aussi haut qu'un drapeau. Son visage entier s'illuminait et effaçait tous ses camarades avec lesquels il buvait des pintes de bière, ce qui était formellement interdit dans ma famille. Mon thé, à côté, me paraissait si foncé que j'en oubliais le sucre au fond et en rajoutais suffisamment pour qu'il devienne imbuvable. Enzo, en ce lieu enfumé, ne m'a pas remarquée une seule fois. Il disait souvent qu'il m'aurait forcément vue si j'avais été là. Cela ne sert à rien de contredire un homme. Autant acquiescer et faire comme si. Et peu m'importe qu'il ne m'ait pas prêté attention ce jour-là. Ce sourire, je l'ai eu pour moi seule pendant plus de trente ans. Je me souviens d'avoir été émue, à quelques tables de la sienne, tandis que ces hommes en uniformes vociféraient, déjà à moitié soûls, et moi amoureuse de l'un d'entre eux sans m'en rendre compte. Je n'allais jamais seule dans ces lieux de perdition. Une de mes sœurs m'accompagnait. Ou une cousine. Jamais ma mère, qui aurait refusé de mettre les pieds dans un endroit pareil. Autant fréquenter le ghetto du centre-ville et s'étonner d'être dépouillée ou pire encore. Ce jour-là, heureusement, j'étais avec cousine Cecilia, plus dévergondée que moi, qui se moquait bien que je regarde par-dessus son épaule, tandis qu'elle en faisait autant, battant des cils à un jeune intello fiévreux qui voulait lui lire, dans sa petite chambre d'étudiant, les derniers poèmes qu'il venait d'écrire. Je le revois monter sur la table, clamant les premiers vers qu'il dédiait à la jolie brune, en montrant de l'index cousine Cecilia, tandis que je rougissais de honte. Un homme bien élevé ne montre pas une femme du doigt. Je ne sais plus comment s'est achevée cette soirée. Il me semble que cousine Cecilia, séduite par la faconde et les mauvaises manières de cet étudiant, l'a finalement rejoint. Elle savait que je n'en dirais rien et que je mentirais avec affront sur l'heure de notre retour. Je l'ai laissée partir dans le sillage de ce chevelu qui parlait si fort que j'aurais préféré être sourde ce soir-là. Je suis curieuse, certes, mais il y a des limites à la bienséance. Je suis rentrée à pied, le sourire d'Enzo en tête, même si, à ce moment-là, j'ignorais le prénom de cet inconnu. J'ai même imaginé ses mains de chaque côté de mon visage, ne souriant que pour moi, sa belle lumière irradiant mon humeur, si légère, prête à tout, accélérant le pas sur le macadam, mes joues chauffantes, comme si ses mains ne les quittaient plus. Jamais un homme ne m'avait fait pareil effet. Je suppose qu'une femme sait ces choses-là. Je n'aurais pas dit non plus que cet inconnu deviendrait mon mari. Mais il en prenait le chemin. Une fois dans ma chambre, j'ai saisi un de mes carnets en moleskine et noté tout mon ressenti ce soir-là. J'ignorais tout de lui, sauf son sourire ainsi que sa belle humeur joyeuse. Et cette fièvre qu'il provoquait en moi me faisait écrire vite et serré, comme si une main invisible allait m'arracher ce carnet des mains.

Abigale

Eytan a laissé son alliance sur la table de nuit. Il n'a pas encore rangé ses affaires, juste éventré son sac pour récupérer un T-shirt. Nos vêtements sont emmêlés au pied du lit, la chambre est en désordre. L'ouragan Eytan est bien là. Il a écarté ses bras de chaque côté du lit, un christ qui se moque bien de la foi, et moi, roulée en boule, la tête sur son bras. Il me caresse distraitement, je pourrais tout aussi bien être un chiot. Peu m'importe. C'est mon homme. Sur le ponton, en le guettant, j'étais tout excitée, me rongeant les ongles, une sale manie quand je suis nerveuse, tandis que le bateau s'approchait du débarcadère. Je l'ai reconnu sans peine, sa tête dépasse toujours celle des autres. Un panama du plus bel effet, des lunettes noires, son sac sur l'épaule, ce géant a presque tous les droits sur moi. Je suis à lui. Je sais le tenir aussi, lui dire non, quand tout en moi dit oui. Mais mon expérience en la matière sait que les hommes se lassent vite de ce qu'ils ont. Pas question bien sûr de lui faire des scènes, je n'aurais pas tenu aussi longtemps. Je préfère crier le long de la voie ferrée, je sais que personne ne m'entend, ou sous l'eau, ça me soulage suffisamment lorsqu'une part de moi en veut davantage. Eytan est le plus bel homme que je connaisse, peut-être plus à l'extérieur qu'à l'intérieur. Il déteste la souffrance qu'il provoque derrière lui. Il en fait parfois, malgré lui, un mot blessant, un acte regrettable, finalement c'est un homme marié et amoureux de sa femme. Je n'aime pas qu'il lui parle au téléphone, m'incitant à me taire comme si j'allais l'injurier ou mimer un orgasme. Je réprouve surprendre leurs échanges, faits de douceur, de tendresse, et d'affreux mensonges qu'elle ne semble pas souvent remettre en question. Le métier d'Eytan, certes, l'oblige à voyager et à choisir des tissus rares et soyeux, mais ici à Stromboli, les seuls vêtements accessibles sont pour les touristes en mal de souvenirs. Aucune rareté. À moins qu'il n'ait menti sur le lieu, et préféré Palerme. Un demi-mensonge. Je me fiche bien de ce qu'il avoue à sa femme ou non. L'art de mentir chez lui est un don. C'est une manière comme une autre de décomplexer les situations. Et qu'importe si je passe après sa femme, Eytan me le fait rarement ressentir, en dehors de ces appels.

J'aime la chaux blanche de cette chambre. Ce sol frais. Ce lit en plein milieu de la chambre comme un trône. Je ne compte plus les chambres d'hôtel où j'ai dormi avec Eytan. Nous n'avons jamais partagé d'appartement. Ni acheté ensemble du lait ou des céréales. Peut-être au fond désire-t-on ce qu'on n'a pas, comme s'il nous était impossible de se satisfaire du présent. Comme un éternel malaise dans les couples, incapables d'apprécier, en vacances, la vue de la chambre sans penser déjà au retour.

Je l'ai pour moi pendant deux longues semaines. De quoi oublier mes crânes rasés qui me distraient en son absence. J'éprouve parfois plus de plaisir à l'attendre, à décompter les jours, à penser à lui sans cesse, même si je le trompe. Quand Eytan est avec moi, je ne peux pas m'empêcher de penser à ce que serait notre vie si nous achetions du lait et des céréales ensemble avant de rentrer chez nous, ce chez-nous qui n'est jamais le même. Et pourtant si conforme d'un hôtel à l'autre. Je n'ai plus besoin de tricher dès que je suis avec Eytan, ni de fermer les yeux alors que nous nous aimons. Je connais chacune de ses rides, au coin de ses yeux ou de sa bouche, celle sur son front dès qu'il est contrarié, chacun de ses cheveux blancs au nombre de vingt-six, soit deux de plus que le dernier relevé, chaque repli de sa peau, chaque grain de beauté. Je les ai caressés, léchés, ils comptent, tout comme lui. J'aime qu'il transpire, que sa mèche brune colle au front, lorsque son regard de fauve fond sur moi, qu'il me serre trop fort, avant d'attraper mon menton et de saisir ma bouche. J'aime ces instants où il est à moi. Même s'ils tardent à venir ou qu'il m'attend à son tour, toujours impatient. Cet homme est un gentleman menteur. Un amoureux en transit. Et sûrement la plus belle chose qu'il me soit arrivée. Même si j'en doute parfois.

Sevda

Nos trois filles ont plus d'une vingtaine d'années aujourd'hui. Elles sont belles, indépendantes, intelligentes. Le pari d'une mère qui leur a enseigné à quel point la vie ne fait pas de cadeau. Il ne s'agit pas de se dérober aux épreuves, mais de les affronter en guerrières. J'aurais aimé les inscrire au Club, à Izmir, près de la place de l'Horloge, où l'on apprend à se battre avec ses poings ou des barres de métal. Mais personne ne doit savoir que j'ai suivi pareille formation, ni mes filles, ni Anton. Je n'ai pas l'intention de me transformer en justicière, même si tout en moi le désire. Ni vraiment de me battre si j'étais agressée. Je sais que je serais capable de tuer, même si je ne l'ai jamais fait. Je n'ai pas subi tous ces combats pour descendre dans la rue, mais pour m'armer. Quand on est orpheline, mariée à Anton, c'est une question de survie. Je ne me suis pas réellement remise de sa liaison avec Brune, son amie d'enfance qui aurait pu menacer ce fragile équilibre de notre couple apparemment solide. Je suis comme un renard à fureter dans les poches des vestes, des manteaux et des pantalons, à sentir ces parfums sur lui qui n'ont rien de masculin. Je me sens également menacée par ces amitiés viriles que je juge trop ambiguës, même si je ne pense pas qu'Anton soit allé aussi loin. Cet homme qui est le mien expire le désir comme d'autres l'ennui. Je l'avais bien compris avant de l'épouser. Je l'ai lu dans les lignes de sa main. Je continue de le faire dès qu'il dort. J'espionne ses réseaux sociaux. J'ai dû forcer la voix lorsque Brune s'est mise en travers de notre chemin. Je l'ai menacé d'un procès, de récupérer nos filles, de le ruiner. Je l'aurais fait sans hésiter. Je suis une lionne qui protège ses arrières. Parfois quand nous faisons l'amour, il s'étonne de la force de mes bras, de mes cuisses. Je ne dis rien. Je souris. Je pense à ce cellier aux fenêtres basses, à ce sol en béton où j'ai pris un certain nombre de coups avant de savoir les rendre. Nos instructeurs paraissaient intraitables et ne m'ont pas épargnée parce que j'étais la seule femme admise. Bien au contraire. Mon passe-droit, un colonel du MIT que j'avais soigné après une blessure à la tête, je l'ai payé au centuple. Au début, je donnais des gifles, je griffais, je mordais. Ces hommes n'ont fait qu'une bouchée de moi. J'ai fini aux urgences. Anton n'en a rien su, il se trouvait en mission quelque part en Syrie. Je suis retournée au Club et j'ai commencé à serrer les poings avant de me battre. Mon corps, ma tête ne pensaient qu'à la rage, l'envie de rendre les coups, mais cela n'a pas suffi. Il m'a fallu plusieurs séjours à l'hôpital avant que ces hommes relèvent la tête et me considèrent enfin comme une égale. Même si aucun d'entre eux ne l'a formulé ainsi. Chaque fois Anton était à l'étranger. J'y ai vu comme un signe. En vérité, je n'étais en rien leur égale. Ils me l'ont fait sentir, pesant à plusieurs sur moi, m'empêchant de respirer. L'un d'eux m'a même violée au vestiaire. Les autres se sont tus, complices par leur présence, tandis que je vivais le pire. Et pourtant je suis retournée dans ce sous-bassement. Si j'avais pu, je les aurais tous profanés à leur tour. Je voulais leur faire payer le peu de considération qu'ils ressentaient pour les femmes, pour moi. Un instructeur surpris de ma ténacité m'a appris à leur rendre les coups. En quelques mois ils ont rejoint le lit d'hôpital et plus un seul n'a cherché à s'approcher de moi. J'ai étouffé le violeur entre mes cuisses et j'ai attendu qu'il perde conscience avant de le relâcher. Il n'est plus jamais revenu au Club. Je suis devenue indispensable, la seule femme capable de démonter un homme, même plusieurs à la fois. Je savais que ce n'était pas seulement un club de sport, qu'on y recrutait les agents du MIT, mais je n'en avais aucune envie. J'y retourne parfois. Je n'ai rien perdu de ma force, même si elle s'est déplacée de mes poings au mental. Je n'ai ressenti aucun traumatisme du viol. Pour moi, il faisait partie de la formation. Aussi étrange que cela paraisse, je l'ai vécu comme un mal nécessaire.

Giulia

Je sais bien que Gaetano, le guide, s'intéresse à moi. Après tout, nous avons grandi ensemble ici, chaque été. Mon père s'est attaché à lui comme à un fils. Une connexion masculine dont je me suis sentie exclue. Les fêtes de Gaetano dans l'ancienne bâtisse de ses grands-parents qui ont fréquenté les miens sont recherchées sur cette île aussi calme que l'eau qui dort. On y boit, on y danse, on y fume de l'herbe. Les chambres au premier étage sont accueillantes, on y cache ses désirs. Plus d'une fois nous nous sommes allongés dans la barque de Marco, nous laissant dériver en suivant la Grande Ourse. J'ai dû lui prendre la main, comme je le fais avec Thomas et rêverais de le faire avec papa. L'été passé, j'ai détourné la tête lorsqu'il a essayé de m'embrasser. Gaetano avait bu et fumé. Je sentais cette odeur ronde et suave du cannabis me chatouiller les narines. Le parfum aigre du malt, lui, m'a obligée à froncer les sourcils. L'alcool me fait trop penser à mon père. Jamais je n'en boirai. Je ne veux rien oublier. Je veux me souvenir de tout. Que le premier garçon qui m'embrasse le fasse sans excitants. Un peu comme ce ciel qui s'incendie en fin de journée, ces couleurs naturelles qui s'entremêlent pour mieux souligner l'ancien monde, à l'époque où Stromboli appartenait aux pêcheurs et que leurs femmes tout habillées en noir marchaient à l'ombre, fuyant le soleil, tandis que nous l'apprivoisons maintenant. Gaetano est mon frère d'adoption. Jamais je ne goûterai sa bouche, ni la douceur de son corps bien fait. Lui prendre la main n'engage à rien. Ce baiser refusé, Gaetano s'y attendait, il ne m'en a pas trop voulu. Enfin, pas longtemps. Il a disparu plusieurs jours en montagne, dormant à la belle étoile. C'est interdit aujourd'hui, mais Gaetano connaît le volcan comme personne. Il sait chaque chemin, les sentiers, leurs raccourcis et, de toutes parts du sommet, les descentes qu'il emprunte avec les touristes, ou seul quand elles sont plus périlleuses. Je ne crains pas de le savoir là-haut, son pied est sûr, son assurance des plus stimulantes. Ce n'était qu'une étreinte refoulée, un papillon qui se pose sur mes lèvres pour mieux s'envoler de ce perchoir. Nous n'en avons plus jamais parlé.

Lundi, tout l'hôtel ou presque va le suivre dans l'ascension du Stromboli. Seule Elena, bien sûr, y a renoncé, ainsi que son infirmière Irina. Tout comme la famille Lebrun à l'exception de la mère, Cécile, et de l'un de ses fils, Tom, qui n'aurait manqué cette excursion pour rien au monde. Thomas et Lior seront là aussi. Depuis qu'ils se sont découverts à Lipari, ils ne se quittent plus. Ils ont arpenté l'île, longeant les murs blancs, s'attardant sur les plaques en céramique de couleur qui annoncent les noms chantants d'ici. Ils sont allés par le sentier difficile qui mène sur l'autre versant à Ginostra, située dans le sud-ouest de Stromboli, cette part insulaire sans électricité ni télévision qui fonctionne à l'énergie solaire et que les touristes en mal du siècle recherchent comme un retour à la nature. Aucune route, des vieilles maisons de famille au potager miraculeux, perchées entre la roche et la végétation aride. Des plages dans le bris taillé à la serpe et l'eau préservée, hésitant entre le vert et le bleu. Un café domine ce promontoire, *Il Nuovo Incontro*, sous un toit de paille et de vignes. On y boit son thé chaud, on y déguste en fin de journée d'excellentes tomates, du saucisson et de la mozzarella. Juste avant de faire ses courses et de remonter lentement à travers les épines et l'écueil saillant, vers sa bâtisse, où aucun portable ne fonctionne. Coupés du monde : n'est-ce pas ce qu'ils souhaitent, ces touristes, du dénuement, du vrai ? Je n'en veux pas à Thomas de m'emmener moins au sommet du Strombolicchio. Si Lior peut l'aider à oublier Emilio, j'en suis heureuse pour lui. La dernière fois que nous avons emprunté la barque de Marco, je l'ai laissé me parler de Lior. Je sais que cet homme le trouble depuis qu'il connaît mieux son histoire. Je n'ai rien dit des mots de Pippa qui se sont enfoncés en moi et que toute l'île connaît. Un continent de taiseux qui se gardera bien de répandre la nouvelle. Lior en sauvant sa mère a révélé sa part la plus sombre. Celle du diable à qui les pouvoirs de survie appartiennent. C'est ainsi que les voix basses d'ici ont surnommé Lior depuis. *Il Diavolo.*

DEUXIÈME PARTIE

Iddu

Thomas

Struognoli, c'est ainsi que les Siciliens appelle le volcan, mais la plupart du temps les Strombolani disent *Iddu*, Lui, en italien. Ils l'ont personnifié depuis longtemps, ils vivent avec Lui. En juillet 2019, deux fortes explosions ont eu lieu sur le versant centre-sud du cratère. Elles ont été précédées de coulées de lave projetant un nuage de fumée de deux kilomètres de haut. Un navire de la marine a été envoyé sur place et a évacué près de soixante-dix habitants et touristes. De quoi impressionner la planète qui a partagé ces vidéos de fumée géante dans le monde entier. Il faut remonter ensuite en 2002 où, après une éruption conséquente, deux millions de mètres cubes de roches se sont écroulés dans la mer, provoquant un tsunami qui a laissé d'importants dégâts matériels dans l'île.

À l'*Osservatorio*, un restaurant situé à quatre cents mètres d'altitude, accessible par un long chemin caillouteux, les propriétaires nous ont montré avec tristesse l'album photo de l'année 2002. Lior penché en avant, derrière mon épaule, exhalait une odeur de café. Nous tournions les pages de ce sanctuaire avec lenteur. Les rues en pentes du village de Stromboli noyées d'eau, faisant dévaler des torrents de boue et de plastiques. Les boutiques de touristes inondées. Des commerçants se tenaient à la porte de leur magasin, après le déluge, le balai à la main, posant pour l'éternité. Leur visage n'exprimait aucune frayeur, aucune colère. *Iddu* s'était une fois de plus réveillé, les menaçant de sa furie, ces maisons blanches pas plus grandes que des dés à coudre qu'Il pouvait réduire à néant d'un souffle brûlant et assassin. L'eau, le feu, la terre, *Iddu* maîtrisait tous les éléments et tenait ses habitants dans l'œil de son cyclone. Pas plus de cinq cents habitants l'année, des commerces fermés, les Strombolani se fichaient bien des T-shirts, de l'obsidienne vendue si chère, quand on la cueille sur les sentiers de la montagne, des recharges de portable et autres gadgets sans réelle utilité pour ce lieu rustre, battu par le vent, brûlé l'été, envahi même par ces voyageurs en mal de sensation voulant s'approcher le plus près des bouches qui crachent les flammes comme un feu d'artifice jamais égalé. L'éruption de 1930, très violente, produisit, au débouché du *Vallonazzo*, un ravin profond du flanc nord, une *nuée ardente*, sorte d'aérosol volcanique porté à haute température et composé de gaz, de cendres et de blocs de taille variable dévalant les pentes du Stromboli. L'île déplora six morts. Et pas une seule fois le drame n'a été prévisible, ni décelé par aucun vulcanologue, scientifique, ou géophysicien, malgré l'installation en 2003 d'une surveillance électronique et d'un centre opérationnel avancé, suréquipé, à Stromboli.

Nous sommes redescendus à pied avec Lior. Les taxis, ici, coûtent trop cher. Ces Ape qui transportent jusqu'à trois ou quatre passagers prêts à être éjectés sous ces cailloux qu'aucune voiture ne tolère. Leurs voyageurs se tiennent à ce qu'ils peuvent, dansant sur leur siège, tandis que leurs sacs ont vite fait de retrouver leur liberté, forçant l'Ape à opérer un demi-tour dans un nuage ocre. La plupart du temps, je reste silencieux avec Lior. J'aimerais lui parler d'Emilio comme il l'a fait avec sa mère. Mais je l'apprécie trop pour souffler sur ce fantôme. Je risquerais de le blesser à parler de ces dix années parfaites, quand pour la première fois, depuis la disparition d'Emilio, je ressens autre chose que de la compassion ou de la colère. Je pourrais raviver le souvenir de ma mère, morte d'un cancer lorsque j'avais quinze ans et que je n'ai pas pu sauver. Mon père s'était interdit de nous avouer sa maladie à mon frère et à moi. Je voyais bien qu'elle souffrait en s'appuyant sur une chaise, en se tenant le ventre. Qu'elle s'alitait à n'importe quelle heure du jour. Mon père invoquait une grande fatigue qui finirait par décroître. Je lui en veux encore de nous avoir caché ce cancer. Je l'ai appris par mon frère qui le tenait d'une de nos tantes. Depuis, je reste sur la défensive. Je vais voir mon père parfois dans le Vercors, où il vit reclus dans un chalet que j'ai repeint pour lui. On se dispute sans cesse, on ne sait pas échanger autrement depuis le départ de ma mère. C'est sans doute notre façon à nous de nous aimer. Des mots durs comme la caillasse. Des phrases aussi coupantes que l'arête d'un rasoir. Des poings et des mâchoires serrés. De rares sourires qui ressemblent davantage à des grimaces. Mais je me tais. Je ne dis rien de cela à Lior. Je l'observe à la dérobée. Je pose ma main sur son bras ou son épaule. Il en fait autant. Ce silence, pour moi, n'a rien de pesant. Je respire mieux même. J'ai besoin de lui. Je ne veux rien précipiter.

Tom

Je suis excité comme une puce dans les cheveux de Louise. Demain, je fais l'ascension du volcan avec maman. Papa va garder Corentin et ma sœur. Ces deux-là sont heureusement trop petits pour me suivre. Gris, lui, est imprévisible. Il ne se décide qu'au dernier moment. Je me suis attaché à lui, même s'il n'est pas souvent là. Il nous enseigne des tours de magie, des tours tout courts. Il sait disparaître comme personne, et surgir là où on ne l'attend jamais. En plus s'il ne vient pas, je serai le seul enfant. Le guide, Gaetano, a dit à maman que je ne risquais rien à grimper autant, j'ai une bonne ossature et je fais beaucoup de sport. Maman doit prévoir plusieurs bouteilles d'eau dans son sac, des T-shirts de rechange, un mélange de raisins secs et de noix, un sandwich quand on sera au sommet. Là, on est dans la boutique de sport, près de l'église San Vincenzo cernée par des oliviers, et j'essaie des chaussures de marche qu'on va louer avec l'anorak bleu, le casque et la torche dès qu'il fera nuit. Ça me fait un peu flipper. Mais je me garde de le dire à maman, et surtout à Gris. Il serait capable de faire apparaître des monstres à têtes hideuses, ou pire encore. Il le fait bien dans mes cauchemars. D'autres clients de l'hôtel sont là. Je reconnais Anton et Eytan. Je leur ai parlé à tous les deux. Je n'ai pas peur. Je suis curieux. Je sais qu'Anton est un grand chirurgien, qu'il soigne dans des pays en guerre. J'ai appris que Thomas s'était installé pour six mois à l'hôtel. Je trouve ça cool. Maman dit qu'il a hérité de sa mère et que, en dehors de la photographie, rien ne l'oblige à travailler. Elle a entendu, par hasard, une conversation entre Giulia et lui au patio, aussi je dois garder ça pour moi. Quant à Lior, je le tiens un peu à distance depuis que Gris m'a dit qu'il ressemblait au diable en personne. Il y a aussi Abigale et Sevda qui rigolent en essayant leurs fuseaux. Je les ai vues prendre le bateau pour Panarea hier matin. Elles se sont rencontrées sur la plage noire, avec les transats rouges et l'eau profonde. Je le sais, j'étais là. Je faisais des tas de cailloux, à défaut de moulages de sable qui n'existent pas ici. Elles avaient choisi de s'asseoir sur des transats voisins. Elles se sont baignées et séchées, se sont crémé le dos d'une main énergique, comme maman nous le fait. Elles ont rapproché leurs transats, se sont assises, et se sont raconté des tas de trucs. Elles ont dit que leurs maris se ressemblaient, même si celui d'Abigale est marié à une autre. Les adultes sont compliqués. Lorsque je serai adulte plus tard, je tâcherai de rester enfant. Pourquoi plusieurs vies, alors qu'une seule suffirait au bonheur ? Mes parents s'adorent et ne sont jamais allés voir ailleurs. Enfin, pour ce que j'en sais. Gris m'a dit qu'ils nous donnaient l'exemple et qu'il suffisait en grandissant d'être à la hauteur. Gris a l'âge d'être amoureux, mais il préfère les nuages. Si j'aimais deux personnes à la fois, ça ne pourrait pas durer longtemps. Dès que je mens, ça se voit à la peau cramoisie de mon visage. À les écouter, assis en tailleur tout près de leurs transats, leurs hommes sont tout en séduction, en équilibre sur un fil prêt à se rompre. Je ne comprends pas tout. Et je n'ai pas envie de demander à Gris la moindre explication. Sevda collectionne les mots doux au fond des poches, des numéros de téléphone qu'elle appelle d'un appareil prépayé, des voix de femmes qu'elle insulte et menace en justicière sans jamais révéler son identité, ni citer Anton. Abigale se garde bien d'en faire autant avec Eytan. Cet homme ne lui appartient pas. Elle ne veut que ces escapades au soleil, loin de la furie du monde. Elle ne ferait ni une bonne épouse, encore moins une mère. La colère de Sevda lui plaît. Elle rit de ses ruses et de sa force de caractère. Elle l'envie même. Elle se sent pareil à un oiseau sur un fil électrique, prête à fuir au moindre orage. Les blondes sont plus légères que les brunes, c'est bien connu. C'est elle qui le dit. Abigale n'a aucune armure. Elle ne se défend pas. Elle prend les coups comme ils viennent et s'en vont. Elle sait bien qu'Eytan un jour s'en ira loin d'elle. Elle espère seulement qu'elle sera morte avant que cela n'arrive.

Les adultes sont vraiment trop compliqués pour moi. Il me semble qu'ils se font plus de mal que de bien.

Lior

Je l'ai presque forcé à boire un dernier verre sur la terrasse de ma chambre. Il se tenait aussi droit qu'un bâton de Jacob, démuni, les mains enfouis dans son short, traversant ma chambre comme une passerelle au-dessus de l'océan, où poser un pied devant l'autre pouvait s'avérer dangereux. Certes, je n'ai rien de l'ordre de Pippa, et mes vêtements traînaient ici et là, du bras d'un fauteuil, au sol, jetés à la hâte, l'ordinateur sur mon lit et ce câble qui traversait les draps blancs comme un serpent des plus sinueux. J'ai sorti deux fioles de whisky du frigo, attrapé les verres au passage, pas de glaçons, pas d'eau qui diluerait sa belle couleur ambrée. Thomas a retiré les mains de ses poches, s'est laissé tomber sur un fauteuil de la terrasse, le corps lourd, ôtant du talon ses sandales, allumant une clope, avant d'enfouir son nez dans le verre. Ce gars a une ascendance forte sur moi, sans que je puisse l'expliquer. Je ne suis pas très doué pour ces choses-là. Je n'ai jamais embrassé qui que ce soit. Je n'en ai jamais éprouvé le besoin jusqu'à Thomas. Je n'ai jamais eu d'attirance pour les hommes. Ni pour les femmes d'ailleurs. Encore moins pour les humains qui me déçoivent avec leurs compromis, leurs lâchetés, leurs raideurs. Je ne suis bien que devant mon ordinateur, ou au fond de l'eau, dans les abysses, à étudier la faune ou les espèces animales qui n'exigent rien. Je n'ai aucune frustration. Je me suis habitué à ce qu'on me considère différent. Je sais bien qu'ici, à Stromboli, les natifs me regardent avec une certaine frayeur, quand je n'y lis pas du dégoût. Pippa a essayé de me protéger, mais je remarque à ses nombreux signes de croix qu'elle ne m'estime pas davantage que les Strombolani. Revenir ici, c'est aussi affronter les pires heures de ma vie. Face à tant d'hostilités, l'œil de Thomas est une lumière à laquelle je veux céder. Cet éclat que je porte en moi, depuis que ma mère a décidé de m'appeler Lior. Et tant pis si je n'ai jamais embrassé, ni serré qui que ce soit contre moi. Ça n'a pas l'air bien compliqué. Je dois peut-être prévenir Thomas, avant de m'avancer vers lui. Peut-être pas. Certainement pas, même. Je l'observe finir son verre, lentement. Je m'assois face à lui, pose mes pieds nus sur ses cuisses. Je sais qu'avec Thomas je dois prendre tous les risques. Si je ne lui plais pas, il finira par me le dire. Sa main caresse doucement mes jambes. J'avale mon whisky en une gorgée qui me chauffe l'esprit. Je ferme les yeux. Je ne dis rien. J'ai fait ma part, j'attends. Je suppose que c'est chacun son tour. Je laisse sa main remonter doucement sous mon T-shirt. Je ne contrôle plus rien. Je sens un mouvement. Thomas s'est levé. Je le suis à l'instinct, en me concentrant sur l'ouïe. Ses lèvres se sont posées sur les miennes. Il s'est accroupi près de moi, place une main sur ma joue. Je respire son alcool qui coule en moi, tandis que sa langue attrape la mienne. Je ne suis expert en rien. Je suis le mouvement. J'aime respirer dans sa bouche, sentir ses doigts sur ma joue. Je m'enhardis à lui donner ce qu'il veut, ma langue comme un serpentin qui se déplie à volonté, ma barbe rousse dont il prend l'empreinte avec ses mains, mon regard que je viens enfin de libérer, mes yeux dans les siens, tandis que tout m'échappe. Sensations nouvelles, découverte de l'autre. Mon corps exulte, s'anime, se défend. Chaque caresse, chaque baiser appuie comme un levier sur mon bas-ventre. Pour un novice, j'apprends vite. Peut-être devrait-on attendre ses vingt-cinq ans avant de céder. Thomas peut m'enseigner ce qu'il veut. Son silence, sa douceur et sa manière de diriger me font peu à peu remonter à la surface. Je le suis, engourdi, quand il se dirige vers le lit, repousse rapidement l'ordinateur et son serpent, retire le peu de vêtements qu'il a sur lui. Je repère deux cicatrices, une sous l'abdomen, la seconde sur l'épaule, mais je ne dis rien. Ses bras se tendent, m'espèrent. Son torse est charpenté, celui d'un animal que je vais étudier sans tarder. Après tout, c'est mon travail. J'ôte à mon tour mon short et mon T-shirt, puis mon caleçon. Nu et roux. Je n'ai jamais vécu un instant pareil et je le retiens. Je sens que ma vie tout entière va changer.

Giulia

J'ai rejoint Thomas à sa demande, au phare de Strombolicchio. Marco et sa barque m'ont déposée à une centaine de mètres de l'accès de l'île, protégée par une ceinture rocailleuse. Ici, aucun terrain cultivable, pas d'eau, ce lieu ne sera jamais habité. Le fanal est alimenté grâce à l'énergie solaire. Les Strombolani racontent de père en fils que cet îlot serait le sommet de Stromboli, projeté à la mer après une violente éruption. Il n'en est rien. Il s'agit en fait d'un *neck*, la portion interne d'un édifice volcanique ancien, lentement démantelé par l'action d'agents érosifs. Je nage jusqu'aux rochers. Aucun bateau ne peut mouiller si près à cause d'eux. Je monte à mon rythme les deux cents marches qui me mènent à Thomas. Il est interdit d'accéder à cet îlot depuis plus de trente ans. Ce lieu est géré par la *Marina Militare*. Conçu au début du XXe siècle, sa hauteur, de huit mètres, est une merveille pour mieux observer ce qui nous entoure. Le céruléen des hauts fonds, les guirlandes de maison en chaux blanche, le vert et bleu des volets, petites taches de couleurs minuscules. Et plus près, la prunelle tendre de

Thomas qui m'avoue avoir cédé à Lior. Je suis heureuse pour lui. Emilio est sur le point de lui dire au revoir. Je sais que Thomas est pur, qu'il ne cherche pas une aventure, rien de cela n'est possible avec lui. Je le crois aussi cérébral que moi, préférant attendre des années plutôt que de céder à la première tentation. Aucune déconvenue, le plaisir d'une rencontre se mérite, même si j'ai le temps : le meilleur des alliés. Aucun garçon ne trouve grâce à mes yeux. J'ai évité le baiser de Gaetano par réflexe. J'aurais pu l'embrasser pour voir ce que ça fait, mais autant étreindre un grand frère pour lequel je n'éprouve que de l'affection. Je suis heureuse de le connaître, qu'il s'occupe si bien de mon père, de nos clients pour les ascensions, du Strongyle qu'il répare à sa guise. Je ne ressens aucune attirance. Sa main sur mon épaule me pèse. Son regard de chien battu ne génère nulle compassion à mon égard. Je sais que son père est en prison pour le meurtre de son parrain. Il me l'a dit, ici même. Une beuverie qui a mal tourné au port de Stromboli en 2018. Depuis, l'étudiant en architecture refuse d'aller voir son père et construit sa vie à Milan sans lui. J'aurais préféré qu'il l'affronte, plutôt que le fuir. Mais je ne suis pas Gaetano et je me garderais bien de l'être. Je suis Giulia, fille de Giulia et de Guillaume, qui a grandi ici comme ces fleurs en voie d'extinction, les *Bassia Saxicola*, aux bourgeons peu visibles qu'on peut voir aussi à Capri. Je les admire quand je viens ici, au phare, seul endroit où elles existent sur cette île. Je suis pareille à cet îlot, seule, éloignée de tous. Matheo dit le contraire, parce qu'il me protège comme une armée entière. À l'entendre, je serais la plus belle fille de l'île, plus italienne que française, sauvage comme cette herbe drue que les mains ne peuvent arracher, je ferais tourner la tête à tous les hommes qui chercheront à me capturer. Et je n'en choisirais qu'un, unique en son genre, contre l'avis de tous. C'est une façon de me dire que ce ne sera pas Gaetano. Le préféré de mon père, beau comme un étudiant peut l'être, dans sa fraîcheur et son aisance. Je préfère penser que je ne connais pas encore l'homme à qui je ferai tourner la tête. Et je ne tiens nullement à être harponnée. Je veux être libre. Élancée comme ces joncs qui se couchent sous le vent. Indomptable comme cette mer indigo qui paraît si douce à la surface. Je veux aimer comme Thomas et Lior. Sans retenue.

Guillaume

Il me faudra bien, un jour, dire la vérité à cette petite. Matheo pense qu'il faut soulager sa conscience pour vivre mieux. S'il parle des touristes qu'il ramène au-dessus du garage, je veux bien le croire. Mais à l'époque où nous appartenions à la direction du Renseignement militaire, je doute qu'il ait cherché à le faire. Nous étions chargés du recueil de l'information dans des pays sensibles et nous avons tué des civils en démantelant des réseaux terroristes. Pas spécialement de quoi s'enorgueillir. Certes, nous avons aussi sauvé des vies, en empêchant ces groupuscules d'exister. Mais tout cela était trop abstrait là où nous nous trouvions, pays en guerre, pauvreté extrême, tandis que nous éliminions ces hommes et ces femmes dépourvus de morale. Mon épouse ne me l'a jamais pardonné. Elle n'aimait pas mon travail, encore moins ce qu'il me faisait. Je revenais brièvement lors de permissions imposées. J'allais du canapé au lit, je regardais des matchs sans vraiment les voir, je faisais défiler dans ma tête tous ces corps en un seul que je n'avais pas enterrés. J'ignorais les paroles de Giulia, plus rien ne me semblait sensé. Je refusais de sortir, de l'emmener dîner dans un de ces restaurants qu'elle appréciait, rue de Charonne, mais aussi de l'honorer au lit où sa position suggestive me faisait penser à ces filles trop faciles que nous nous passions, Matheo et moi, jusqu'à l'épuisement. Je crois que ma femme était soulagée de me voir quitter ce toit, loin d'elle, avec ce barda à peine défait, hissé sur mon dos, sac de linge sale, pas lavé pendant la permission, que je porterais à nouveau. Mon odeur ne gênait que les autres. Je pense que j'aurais fini par me faire sauter la cervelle pour arrêter ce défilé d'images noires dans ma tête épuisée, ce charnier de dépouilles jetées pêle-mêle, sans terre pour les recouvrir, sans décence. Je me fichais bien de me nourrir de conserves dont j'attrapais la nourriture froide à même les doigts. De ces filles que je culbutais, en pensant à rien, surtout pas à ma femme. À ce terreau que j'ai avalé, dont je me suis grimé, à ces treillis, censés nous confondre avec la nature, comme des uniformes que nous ne respections pas. Pas plus eux que le reste. Je tuais au fusil d'assaut, au couteau cranté, au Glock 17, j'éventrais mes victimes, les égorgeais. Je rentrais auprès de Giulia, la morve au nez, le froc sale, tout comme l'argent que je gagnais que je faisais virer sur notre compte commun, pour que ma femme le dépense. Mais il demeurait là, au centime près, Giulia refusant d'y toucher. C'est au cours d'une de ces permissions que ma fille Giulia a été conçue. Pas vraiment une nuit d'amour tout en douceur. Ça, je ne savais plus. Je n'ai pas fait l'amour avec ma femme. J'ai réduit le sexe à sa plus simple expression. Comme ces filles bien dociles qui se laissaient cogner sans rien faire. Elles non plus n'ont jamais connu l'amour. Dans mon excitation, je lui ai brisé deux côtes et fendu la lèvre. Giulia ne s'est pas plainte. Elle n'a rien dit. Elle a attendu neuf mois que Giulia naisse. Notre enfant. La fille qu'elle n'a pas pu élever. Elle est partie à sa naissance sans laisser un mot. De toute façon, l'adresse, je m'en fichais bien, je n'avais pas l'intention de l'y rejoindre. Ma fille m'a sauvé. J'ai cessé de travailler pour la DRM. Deux années ont été nécessaires pour me remettre à peu près d'aplomb. Matheo, lui, a continué. Il a amassé une petite fortune en solitaire, se déplaçant en Europe et au-delà de ses frontières. Mais on n'oublie jamais ce qu'on a vécu. L'alcool a vite fait d'étouffer mes mensonges et cet enfer que je ne souhaite à personne. Oui, un jour, je dois tout dire à ma petite. Elle me détestera d'avoir tant tardé. Je la perdrai sans doute, comme ma femme. Le prix à payer pour une existence assise sur un mensonge.

Abigale

Eytan est un peu jaloux de l'amitié naissante entre Sevda et moi. Il devient possessif, me veut à lui toute seule. Pour la première fois je le vois autrement. Sa magie opère moins. Il n'est qu'un homme marié qui se cache chaque soir pour appeler sa femme et lui raconter ses journées à Palerme. Je l'ai vu sur la plage effectuer des recherches sur son téléphone, de quoi emplir ses conversations avec *Le Palais des Normands* ou la place du *Quattro Canti*. Si j'étais Sevda, j'aurais téléphoné à sa femme d'un portable prépayé sans mentionner son nom, ni le mien, mais en lui racontant notre vie à Stromboli. Mais je n'ai rien de Sevda. Ni sa force, ni son courage. Aysuda, pour moi, est un concept, je ne l'ai jamais rencontrée. Elle peut pourrir en enfer, ça ne me fera rien. J'ai entendu sa voix, un soir, Eytan y tenait. Je l'ai trouvée mièvre, parfaite pour ces conversations érotiques qui se payent à la carte. Je n'en ai rien dit à Eytan, évidemment. J'ai même admiré à haute voix ce ton suave et si chaud, en me rongeant un ongle. Eytan était ravi. Les hommes, parfois, se contentent de peu. J'ai détesté en vérité découvrir sa voix. Le concept en a pris un coup. Je me gave de ces amandes caramélisées quand il disparaît une fois de plus, portable en main. Je regarde la télévision italienne dont la langue chantante me détend. J'ai appris l'italien en travaillant ici autrefois. Je jette les six oreillers de notre lit à travers la pièce. Puis je les ramasse l'un après l'autre et les replace délicatement sur notre lit. Je pianote des doigts sur le couvre-lit en lin blanc, puis me réfugie sous la douche. Mon corps est aussi doré que la robinetterie. Je me savonne avec énergie, me lave les cheveux avec un shampoing à l'amande douce. Je sors de la cabine, m'enroule dans une longue serviette, commence par me sécher la crinière, la tête penchée, brosse à la main. Je m'observe dans la glace. En dehors de quelques cernes qu'il me faudra songer à cacher, là au coin des yeux et de la bouche, je ressemble vraiment à Meg Ryan à l'époque de *Nuits blanches à Seattle*. Je suis américaine, née à Washington, d'une mère française restée en Floride, enfin, je crois. Elle s'est remariée trois fois avec mon père et a divorcé deux, aux dernières nouvelles. Mes parents : de grands enfants que j'ai fuis au plus vite. Incapables de vivre séparément, entassant les factures sans les payer. Je leur ai connu une quinzaine d'appartements répartis en plusieurs États, dont ils ont été expulsés chaque fois. *C'est ce qui arrive, maman, quand on ne paye qu'un loyer sur dix.* J'ai dû faire à peu près tous les métiers, serveuse, hôtesse, mannequin, vendeuse, jusqu'à ce que la sœur d'Eytan me remarque sur le marché aux légumes de Lipari, et m'achète littéralement pour son frère. Un chèque confortable et la rencontre avec Eytan. Je ne suis pas difficile, j'ai passé un été merveilleux. Je me suis offert de nouvelles robes que le salaire de vendeuse de fruits ne m'aurait pas permis d'avoir. Depuis, je vis à Paris, la ville de l'amour, où j'ai séduit plusieurs garçons charmants au crâne rasé qui me font oublier Eytan le séducteur. Je ne suis pas prête à retourner aux États-Unis. J'aime tant l'Europe, ce continent suranné où la douceur de vivre dépasse de loin les charmes de la vieille Amérique. J'ai appris le français en Floride, où j'ai été prof de tennis, sur des courts perchés sur un toit, à Miami. À Paris, Alina m'a trouvé une place confortable comme responsable d'une boutique de vêtements rue du Four, à Saint-Germain-des-Prés. Dans ce milieu il ne faut pas être corvéable à merci. Je suis loin de mes postes de vendeuse où j'acquiesçais à tout, sourire aux lèvres, mèche blonde et rebelle. Alina a été une fée pour moi. Elle serait furieuse de nous savoir si près, sa villa de Lipari étant à deux heures de bateau. Mais Eytan se refuse à la voir depuis qu'elle a parlé de ses conquêtes à sa femme. Cela lui a coûté des mois de négociations, de fleurs livrées par centaines, l'interdiction de se voir lui et moi plus de six mois, jusqu'à ce que sa femme accepte le mensonge éhonté qu'Eytan a réussi à lui faire croire : Alina, jalouse de son frère. Franchement, les femmes m'étonneront toujours. Elles ne doivent pas peser le pour et le contre avant de valider pareille duplicité.

Elena

Je vais rester seule avec Irina au Strongyle. L'hôtel se vide, cet après-midi, Gaetano emmène nos hôtes sur le toit de ce volcan où je n'irai plus jamais. Je le regrette bien. Je maudis mes jambes et la vieillesse. Quelle plaie d'être si dépendante. Je nous revois Enzo et moi gravir cette montagne du diable, équipés comme si nous partions skier. À l'époque, cette pension n'existait pas, ni toutes ces interdictions qui nous auraient empêchés de dormir au sommet, sans guide pour nous y conduire. Les temps changent. Il faut s'y faire. Les plages étaient désertes alors. On s'y baignait, certes, mais personne ne s'allongeait sur un sol aussi caillouteux pour s'offrir ainsi au soleil. Nos maillots de bain nous en auraient privés, cachant nos corps, semblables à une combinaison de plongée. On préférait la balade d'île en île, les terrasses ombragées pour déguster de succulentes tomates, rien à voir avec la chair pâle et le goût insipide de celles qu'on trouve aujourd'hui sur les marchés ou les grandes surfaces. On coupait le saucisson au canif, on suçotait un verre de vin, on cueillait des fleurs sauvages odorantes qu'on se glissait à la boutonnière ou derrière l'oreille. De nos jours, les jeunes préfèrent y glisser une cigarette, tandis qu'avec l'autre, entre leurs lèvres, ils aspirent la mort. Je ne dis pas que tout semblait mieux à mon époque. Je déteste suffisamment ces vieux qui le rabâchent sans cesse, pour les suivre à petits pas rampants. J'aime le changement. Depuis les années cinquante, je suis servie. Tout ne m'a pas plu lorsque j'ai été enfant ou adolescente, même si, dans ma famille, on se moquait bien de savoir ce que je ressentais. Ma mère paraissait intraitable. À table, il n'était pas question de parler. Même à mes trente ans, elle me rabrouait si j'osais donner mon avis. Elle voulait le calme et le silence. Seul mon père pouvait s'exprimer, mais comme nous nous taisions toutes, notre mère, moi, et mes trois sœurs, il avait fini par oublier l'usage de la parole, qu'il récupérait sans peine dans les cafés de Palerme, accompagné d'amis plus bavards que lui. Pauvre homme. Il est décédé du cœur, la seule chose que ma mère lui a refusé toute son existence, à l'exception de ses quatre filles, *un accident regrettable*, a-t-elle dit, plus tard, sur son lit, agonisante. J'ai eu la chance d'accompagner mon père à plusieurs reprises dans ces lieux tourbillonnants, et je pense que c'est lui qui m'a donné goût à la vie, même si curieusement j'ai toujours été très attachée à ma mère. J'ai dû me battre en vain pour lui imposer Enzo que j'ai retrouvé sans peine dans une de ces tavernes de hasard, où mon père me faisait asseoir sur un genou, tandis que l'autre battait la cadence de l'orchestre. Enzo et moi cherchions une table la plus proche des musiciens pour nous étourdir de musique et boire plus que de raison. J'ai goûté le vin, la première fois, dans le verre de mon père, qu'il vidait le temps de quelques notes. Mais un de ses amis se faisait un plaisir de le remplir, tandis qu'il rougissait, déboutonnait son col, laissait échapper un rot, cause de divorce évident sous le règne de ma mère. C'était un homme joyeux, qui aimait rire et s'enivrer, faisant triste mine quand il s'agissait de rentrer. Tout ce petit monde filait doux à la maison. Enzo a vécu cela comme un supplice, même devenu commissaire, coqueluche de la presse que ma mère ne lisait jamais, se contentant de faire enrouler la viande dedans. Mes sœurs n'ont pas eu ma chance. Aucune d'elles n'a connu les bouges, comme on dit justement aujourd'hui. Elles ont dépéri comme des fleurs sans eau, épousant le premier venu. Elles sont devenues des pondeuses. Ah, ça, j'en ai des nièces et des neveux, à ne plus savoir les compter. Mon drame avec Enzo. Nous avons découvert que nous étions stériles l'un et l'autre. Ma mère a dit que c'était bien fait, que je traînais trop dans ces cafés enfumés, avec mon bon à rien de père. Et pourtant, à sa mort, j'ai été la seule à la veiller. Mes sœurs une fois de plus enceintes ne pouvaient se déplacer. Je lui ai tout pardonné, car étant de bonne nature, j'ai toujours su que ma mère n'avait jamais connu le bonheur. Il y a des gens, comme ça, qui échappent à l'essentiel.

Ethel

Nous sommes tous réunis à l'ombre des oliviers, autour de Gaetano, notre guide, sur ce carrefour San Vincenzo, près de l'église monumentale. Un groupe parmi d'autres sur cette esplanade ensoleillée et encore chaude, malgré les dix-huit heures sonnantes. Sebastián me sourit, cette excursion le ravit. En Uruguay, nous avons bien le *Cerro Catedral*, mais c'est davantage une colline dont le sommet se situe à cinq cent quatorze mètres. Il faut s'enfoncer en Argentine ou dans les Andes pour découvrir des altitudes plus enivrantes comme L'*Aconcagua* ou Le *Nevado Ojos del Salado.* J'écoute attentivement Gaetano. Je fais tourner distraitement autour de mon doigt cette bague sertie d'un rubis rouge aux variations pourpres que m'a offerte mon mari, Ézéchiel, avant mon départ pour l'Italie, sous le regard insistant d'Abigale à qui je souris. C'est la première fois que je vais escalader un volcan. Nous sommes assez sportifs Sebastián et moi, nous faisons de longues marches en Uruguay, et aimons courir à l'aube, quand nos maisons dorment encore. Mais je redoute sans comprendre l'ascension de ce cratère. Sans l'insistance de

Sebastián, j'y aurais renoncé. Tom ne tient pas en place. Il a lâché la main de sa mère depuis un moment, et nous tourne autour, au pas de course. Chacun essaye le casque à la demande du guide, enclenchant cette petite lumière invisible au jour, mais qui nous sera fort utile, dès la nuit tombée. Le ciel est parfaitement dégagé, pas un seul nuage. Je crains un peu la chaleur à la montée. J'ai vu quelques clichés du sentier, il m'a paru bien abrupt. Nous suivons enfin Gaetano qui emprunte plusieurs rues, un dédale où je serais bien incapable de faire marche arrière. J'ai pris quelques photos de notre troupe, discrètement, tandis que Thomas en faisait autant. Nous nous sommes salués de la main. Une longue banderole s'allonge sur un mur bas et blanchâtre. Je retiens ses couleurs verte et rouge, en oublie son slogan. Je ferme la marche avec Sebastián, ça nous convient très bien. Tom a pris la main de Gaetano, fier comme un paon, et ne se soucie plus de sa mère qui marche seule, derrière eux. Viennent ensuite Thomas et Lior, puis Giulia, Abigale et Eytan, enfin Sevda et Anton que nous suivons au talon. Je trouve ce groupe rafraîchissant, j'ai eu l'occasion de parler un peu avec Thomas, Eytan et Anton. Plutôt des hommes en fait. Les femmes, en général, ne recherchent pas vraiment ma compagnie. Et ces trois spécimens sont saisissants de beauté. J'en ferais bien leur portrait, si l'escalade me le permet, et leurs femmes aussi. Avant que nous n'atteignions le sommet, c'est certain, car il fera nuit. Nous arrivons enfin aux prémices de la montée. La végétation est encore dense, surgissant entre ces blocs de pierre, particulièrement sèche : la température bien sûr, quasi insoutenable à certaines heures du jour, la proximité des émanations toxiques aussi. Il faut lever haut les pieds pour grimper ces rochers qui se méritent. Tom les gravit comme un cabri. Les couples s'entraident et s'attendent. Gaetano nous surveille et récupère la main de Tom. Sa mère, Cécile, est incroyablement agile. Elle est gymnaste, m'a-t-on dit, je l'ai vue au bord de la piscine exécuter une pirouette. Elle franchit tout sans effort. Elle danse presque d'un caillou à l'autre. Sebastián a posé sa main sur mon épaule. Il peut. Il le sait. Son corps a la maigreur de ceux qui ont connu la maladie et la souffrance. D'ailleurs, il se nourrit peu. Il est rassasié en quelques bouchées. Le sucre l'écœure. Il ne boit plus un soda, et repousse les parts de tarte qu'elles soient aux abricots ou à la mûre sauvage. Il transpire déjà sous son T-shirt. Je défais mon sac à dos, en retire une bouteille d'eau que je lui tends. Je ne suis pas la seule. Chacun se désaltère entre deux montées. Le soleil cogne à cette heure-ci encore, j'en suis surprise. Peut-être aurions-nous dû partir plus tard. Thomas se renverse un peu d'eau sur la tête, et sur celle de Lior qui s'ébroue comme un chien. Je les ai pris tous deux en photo. Notre petit groupe reprend la marche. Je pense à ceux qui sont restés, Elena et son infirmière Irina. Guillaume de la Salle et son associé Matheo. Le père de Tom, Jean, et ses deux autres enfants Louise et Corentin. Je les aurais volontiers rejoints.

Sevda

Je ne suis pas très familière des groupes. À dire vrai, je les fuis. J'aurais préféré faire cette montée avec Anton et Gaetano. À la limite avec Abigale, mais sans mon mari. J'ai beau apprécié cette Américaine fraîche comme une poignée de figues, je n'en oublie pas sa féminité. C'est une très belle femme, extrêmement séduisante, dangereuse. Je m'étonne qu'Anton ne lui ai pas encore fait la cour. Parce que je suis là ? Parce que nous sommes ouvertement amies ? Les hommes me surprendront toujours. Je connais leurs faiblesses, comme une mère sa descendance. Ils sont puissants, lâches, égoïstes, frivoles, enfantins. Certes Anton a parcouru les territoires ennemis pour soigner des blessés dans des conditions spartiates. Il en a laissé certains mourir, parce qu'il était trop tard, et sauvé des centaines qui auraient dû rejoindre la fosse. Il en faut du courage pour cela. De l'abnégation. De l'amour surtout, pour croire encore à ses prochains. Mais j'ai souvent pensé qu'il fuyait ses démons, son enfance douloureuse dans une famille réduite à sa plus simple expression. Un de ses deux frères est mort de dysenterie. Sa mère d'un

AVC. Son père a été roué de coups et jeté d'une voiture qui lui a roulé dessus plusieurs fois. Une vengeance politique. Je n'aime pas les explications trop faciles. La vie est un méandre qui n'en finit pas. Mais je comprends sa soif de vivre. Son appétit des femmes et des hommes qu'il séduit sans les mêmes objectifs. Je n'ai jamais tenté de m'inclure dans ses affaires amoureuses. Certes, je ne laisse pas tout passer, si je me sens menacée. Les femmes sous sa protection, au fond, ont peu d'importance, tant qu'il sait rester discret. Je suis son roc. Je suis la mère de ses filles. Je suis sa femme et sa première maîtresse. Mon armure est en métal, rien ne peut m'arriver. Je me fiche bien de ses saillies. De cette liberté sous contrôle. Il sait qu'il ne faut pas m'énerver. Je ne suis pas son ancrage par hasard. Vingt ans d'existence commune, ce n'est pas rien.

Il se retourne souvent sur ce sentier, me cherche du regard. Je ne suis jamais loin. Je lui souris, j'accepte sa main lorsque je dois grimper un rocher plus haut que les autres. Le chemin se rétrécit, la caillasse soulève une poussière dorée sous nos pieds. Plus haut, le photographe a changé de T-shirt. Son corps me rappelle celui d'Anton, trapu, poilu, barré de cicatrices. Les hommes adorent exhiber leur masculinité. Leurs atouts comme des trophées qu'ils ont gagnés au combat. Ceux du Club étaient pétris d'hormones masculines. Pas la moindre sensibilité, pas une trace de féminité en eux. J'aime cette faiblesse-là qui n'en est pas une. Elle les rend si humains, si attachants. Anton en est pourvu, même s'il s'en défend. Je ne l'aurais pas épousé sinon. Si certains hommes sont des porcs, il faudrait s'interroger sur ce qui les a rendus ainsi. Bien sûr des décennies de diktats familiaux, politiques et religieux. J'étais aussi la seule femme dans un troupeau de bêtes, cherchant les ennuis. Je les ai trouvés. J'en suis sortie. Je n'ai aucune envie de recommencer pareille bravade.

La montée est de plus en plus rude. Je m'arrête un instant, me laissant dépasser par le groupe. Je respire lentement pour reprendre mon souffle. Anton est resté, Abigale aussi. Les lois de l'attraction, tandis que les planètes se déplacent. Je bois une longue rasade d'eau, attrape au fond de mon sac une barre vitaminée. Cette pause me fait du bien. Anton et Abigale ne se sont pas dit un mot. Le groupe nous attend au-dessus de la montée, un plateau d'arbres secs, aux feuilles cramées. Le sol est ocre, instable. La poussière se soulève à chaque pas. Nous reprenons la montée. J'ai attaché mes cheveux, tout comme Abigale. Je marche d'un bon pas, escalant la roche, m'appuyant là ou des milliers de grimpeurs ont mis la main sous la mienne. Anton est à mes côtés, nous montons ensemble. Comme nous l'avons toujours fait.

Gaetano

J'ai eu des groupes plus performants. Celui-ci m'impose un arrêt toutes les vingt minutes. À ce rythme, il fera nuit bien avant d'atteindre l'avant-dernier plateau, et d'escalader la partie haute du cratère pour rejoindre son sommet. Guillaume m'a demandé d'être patient avec ses clients, je le suis. Mais ils m'exaspèrent avec leurs sacs à dos trop remplis qui les ralentissent dans la montée. Seul Tom me réjouit. Il me dépasse, bondissant comme une chèvre, rien ne semble le freiner, si ce n'est le reste de l'équipe que je dois surveiller d'un œil. Tandis que le second tourne autour de Giulia, belle comme une étoile, de celle qui vous guide. Je ne sais pas pourquoi elle m'attire autant. Peut-être parce qu'elle se refuse à moi. Ça m'obsède. J'ai toutes les filles que je veux. Sauf elle. Les autres me tombent dans les bras, s'emmêlent dans mes draps sans que je me rappelle leurs prénoms. Et quand leur tête surgit, je ne me souviens plus de notre rencontre, où je les ai cueillies, un bar, la rue, un club, même si à Stromboli, ils sont rares et éphémères. Parfois ils fleurissent l'été, un promoteur courageux, qui transforme un terrain en piste de danse. Le volcan n'est pas seulement dans la montagne. Il est en chacun de nous. Ces discothèques à ciel ouvert réveillent nos démons, nos désirs, nos envies. Stromboli se venge. Ce n'est pas une île pour les fillettes et les âmes sensibles. La musique trop forte réveille les esprits. L'alcool chauffe le sang comme la fournaise au fond de ces bouches volcaniques. Je n'en ai rien à faire d'être Don Juan si la seule fille que j'aime me tourne le dos. Je la sais souvent avec Thomas. Guillaume m'a demandé de la suivre dès qu'elle quitte l'hôtel. Je le fais discrètement. Si elle l'apprenait, Giulia ne m'en détesterait que davantage. Mais c'est une mission des plus agréables. J'arrive à sentir son parfum, une eau citronnée qui chatouille délicieusement mes narines. Je ne la vois pas comme une adolescente de quinze ans. Elle est si mature. Les conversations que nous avions au phare de Strombolicchio me manquent. Je lui ai confié ce que j'aurais été incapable de dire à personne, même à son père. Ses cheveux blonds battus par le vent, qu'elle attache rarement, semblaient suivre la courbe de mes pensées. Sa prunelle douce ne me quittait pas, je me sentais en confiance. À qui d'autre aurais-je pu parler de mon père ? Cet homme a brisé ma vie par un geste irréfléchi qui l'a mené en prison. J'aurais tant aimé que sa conscience l'oblige à réfléchir avant de planter ce couteau dans le ventre de mon parrain. Tout ça parce que deux de ses filles s'étaient couchées dans mon lit, le même soir, tandis que nous abusions du *Malvasia di Lipari*, un cépage de raisins blancs à vous tourner la tête. Ça, je ne l'ai pas raconté à Giulia. Je n'en suis pas fier. Si Alberto n'avait pas exigé réparation, et des excuses à mon père me concernant, rien de cela n'aurait eu lieu. Les Siciliens ont le sang bouillant. Pas une seule fois Alberto ne m'a convoqué. Non, il est allé voir mon père. Ces choses-là se règlent entre hommes. Ces deux-là m'ont considéré comme un enfant, malgré mes vingt ans. Je leur en veux à tous deux. Je n'ai rien pu faire. Mon parrain est mort. Mon père croupit depuis dans sa geôle. Et Giulia m'échappe. Tout, d'ailleurs. J'ai l'impression de tomber dans un puits sans fond. Mes conquêtes sont pitoyables. Elles se penchent toutes au-dessus de ce trou et me regardent choir. Pas une seule d'entre elles ne me jette une corde ni ne me réconforte. À force de confondre leurs prénoms, je l'ai peut-être bien cherché.

Thomas

Nous arrivons au plateau. Une courte halte avant de grimper le long de l'à-pic en cohorte zigzagante. Pas question d'affronter le sommet de face. Les chemins pour y parvenir nous obligent à suivre ces sentiers comme les virages très serrés d'une route des plus vertigineuses. La nuit est tombée peu à peu, le soleil s'est enfui, on aperçoit toutefois les lumières d'un autre groupe nous précédant, comme de petites flammèches dansant dans l'obscurité, loupiottes éphémères qui s'en vont dansantes jusqu'au bal des cendres, là-haut, au sommet de la bête. L'obscurité, la hauteur nous obligent à porter nos anoraks, nos casques, et nos phares minuscules. Nous ne sommes plus que des formes, identifiables à nos couleurs, à l'appel insensé de ces pans de montagne plongeant dans les abysses. J'ai serré fermement la main de Lior, je l'aurais volontiers embrassé, pour qu'il me suive, maintenant, et à jamais. Le déclin n'est pas complet. On devine encore Stromboli dans son ensemble, une silhouette brumeuse en contrebas. En longeant le sentier noirci par la lave, la beauté de ce qu'on aperçoit est saisissante. Le vide n'en est que plus attirant. Chacun s'est tu, étrangement, se concentre sur ses pas, sur ces versants si abrupts qu'on n'en voit pas le fond. Lior ne m'a pas lâché la main. Il vient de glisser, m'obligeant à le hisser d'une poigne sur le chemin. Nous sommes derrière Gaetano. La torche n'éclaire qu'à quelques mètres, autrement dit, à trois pas de plus. Tom et Giulia sont après nous. Eux aussi se tiennent la main, ce qui ne facilite pas davantage leur montée. À son regard vide, je suppose que Tom a le mal de l'air, mais qu'il n'est pas question de le clamer. Les doigts de l'adolescente suffisent. Cécile est sur leurs traces. Suivent Anton et Sevda, tandis que le chirurgien se retourne régulièrement pour veiller sur sa femme. Au-delà, j'ai du mal à reconnaître le reste du groupe. Le paysage est lunaire. La terre anthracite. Les copeaux de roches font un bruit de porcelaine cassée quand on les écrase. Aucune végétation n'a résisté à cette hauteur. La lave a tout détruit. Rien ne peut repousser sur son passage. L'ascension est longue, près d'une heure. Silencieuse comme l'obscurité qui s'abat sur nous. Nous approchons enfin du sommet. Un long plateau où nous allons pouvoir nous reposer plus d'une quarantaine de minutes avant la descente. Le sol soudain paraît plus ferme. D'autres grimpeurs se sont installés. Petites touches de couleurs remuantes, tandis que des caméras se dressent sur leur trépied. En contrebas, à près de deux cents mètres, les bouches du volcan peuvent offrir un spectacle saisissant où l'orange le dispute au rouge, en des gerbes pareilles à des feux d'artifice plus vrais que nature. Gaetano nous a rassemblés dans une enclave près du bord, où nous allons enfin déposer nos sacs à dos. C'est aussi un bonheur de s'allonger, la tête bien calée sur le sac, et de fixer le plafond d'étoiles, immense, qui semble nous embraser tout entiers. Après de longues gorgées d'eau et une pomme, c'est ce que nous faisons Lior et moi, nous laissant absorber par la voûte céleste. Il faut un peu de temps pour distinguer les couleurs. L'œil les voit blanches de prime abord. Mais avec un peu d'attention, certaines étoiles apparaissent bleues, jaunes et rouges. Le vert n'existe pas. Il suffit de s'y perdre un peu. Après l'ascension, les endorphines se libèrent et la position allongée favorise l'émerveillement devant pareil spectacle. Pas besoin de se parler, ni de photographier quoi que ce soit. C'est une impression unique, presque végétative, que de contempler le ciel auprès de mon homme couché à mes côtés, qui m'aide à éloigner mes peurs des dernières années. L'île prend un tout autre relief. Les baigneurs ne sont pas visibles la nuit du haut d'un volcan.

Tom

J'ai dévoré le sandwich comme si je n'avais pas mangé depuis cent ans. Je suis hyper fier d'être arrivé au sommet. Et content aussi, il était temps que j'échappe à la montagne. Gris va ricaner, je n'ai pas l'intention de lui raconter quoi que ce soit après la descente. De toute façon, il sait déjà tout ce que j'ai ressenti. Je ne me fais aucune illusion. Il se moquera de moi et du vertige que j'ai ressenti à chaque virage. Il ne faisait pas assez nuit pour ne pas remarquer ces sentiers à pic. Parfois même des deux côtés. Évidemment pour maman, c'est un jeu d'enfant. Elle passe sa vie en équilibre sur un fil audessus du vide. J'ai tout de même ramassé deux ou trois cailloux que j'ai glissés dans mon sac à dos. J'ai volé un petit bout du volcan. J'espère qu'Il ne m'en voudra pas. Toutes noires, mes pierres. Pire que le charbon quand papa fait un barbecue. Pareilles à la montagne dès qu'elle déborde de lave. Je me dis qu'on ne risque rien. L'île est pleine de touristes. Si c'était dangereux, personne ne viendrait ici. Maman ne m'aurait pas emmené escalader ce cône à glace brûlée. N'empêche qu'il n'y a pas beaucoup de garçons de mon âge dans les groupes. Je n'ai pas trouvé ça si difficile à monter. C'est vrai que je suis bien entraîné avec tout le sport que je fais tous les jours avec papa. J'ai pu sauter d'un rocher à l'autre, ce qui ne semblait pas le cas du reste du groupe, à part Gaetano et maman. Thomas et Lior sont assez agiles, pas le genre non plus à demander de l'aide. Ethel et Sebastián fermaient souvent la marche et il a fallu les attendre aux pauses. Je crois que c'est plutôt Ethel qui a du mal. Plus d'une fois son frère l'a hissée par la taille. Ils se sont retrouvés à cours d'eau. Heureusement un groupe s'en est délesté, grâce à l'intervention de Gaetano. Ils en avaient suffisamment pour la descente. J'adore ma sœur Louise, mais pas comme ces deux-là entre eux. J'ai cru qu'ils étaient mariés, jusqu'à ce que maman me les révèle frère et sœur. Ils ne se lâchent pas d'un pas. À l'hôtel, ils arrivent ensemble au petit déjeuner. À la piscine, leurs transats sont collés l'un à l'autre. Ils se prennent la main et s'embrassent sur la joue. Je dis ça, je dis rien. Quand je serai grand, je délimiterai mon territoire hors de celui de Louise. Pas question de l'avoir à mes côtés sans arrêt. Gris n'aimerait pas ça en plus. Il blaguerait comme il sait si bien le faire. Je sais que Louise le redoute de temps à autre. Elle a bien raison. Parfois Gris est effrayant. Il surgit toujours là où on ne l'imagine pas. Assis sur mon lit, tandis que je dors. Dans la cuisine où je suis venu chercher du chocolat. Au grenier lorsque je m'y enferme pour jouer. Il pourrait tout aussi bien apparaître assis sur ce sommet, les jambes dans le vide, regardant les bouches s'ouvrir comme des fleurs vénéneuses, avant de cracher leurs flammes. J'ai vu le brasier, l'orange, le rouge, monter haut dans le ciel, même que j'ai reculé. On appelle ça les *bouches* du volcan, c'est maman qui me l'a appris. Pas vraiment envie d'un bisou d'une gueule pareille. En plus il en a quatre. Ça graillonne de partout. C'est un peu dangereux. Un oiseau volant par là serait rôti en un instant. Mais pas une seule bête ne plane ici. Pas une plante ne pousse, pas une fleur. C'est le désert noir. J'aime bien Giulia. Je lui ai parlé un peu de Gris. Mais si je le fais, je perds mes moyens. C'est difficile de comprendre qui est Gris dans ma vie, celle de Louise, même de Corentin. Quant à mes parents, ils seraient terrifiés. Je n'ai pas envie de me confier à eux et de leur faire de la peine. J'ai tout de même besoin d'en discuter autrement qu'avec Louise ou Corentin. C'est comme un sac à dos. Il faut bien le vider pour qu'il soit moins lourd.

Lior

J'aurai dû m'y attendre. Je suis perturbé par ce grand gaillard. Je doute néanmoins de ce verbe, *aimer*, qui résonne si peu familièrement en moi. Disons que cet Allemand me plaît. Thomas n'a rien en commun avec mon père, encore moins avec ma mère, si ce n'est cette grande sensibilité qu'elle dissimulait souvent derrière ses chapeaux à larges bords. Je pourrais leur rendre visite. Naples n'est pas si loin. Mais depuis la résurrection, je les crains tous deux. Je les appelle souvent, mais j'ai toujours un voyage qui m'empêche de les rejoindre à Naples. Un prétexte fallacieux. Ma mère était trop inconsciente pour se souvenir de quoi que ce soit. Papa n'en a rien su, je me suis bien gardé de lui dire ce dont j'étais responsable, ou pas. J'ai perdu connaissance. Tout aurait pu être un rêve, si cela ne m'avait pas paru si réel, encore maintenant, à la limite du supportable. Comment expliquer ces mains au-dessus de son corps, endiguées par la chaleur qui s'en dégageait, cette étonnante énergie qui circulait entre mes doigts, me vidant de toute existence, jusqu'à m'effondrer ? Et cette grotte à Strombolicchio que je n'ai jamais retrouvée, malgré mon obstination. Se serait-elle refermée avec l'usure de la roche, par un éboulis de pierre ? Je les sais heureux dans leur maison napolitaine, ensevelie sous les bougainvilliers, dans le quartier de San Ferdinando, avec ses ruelles biscornues. Devrais-je interrompre leur quiétude avec des explications dont je ne détiens même pas les clés ? Je ne sais plus les regarder en face. Je me fais l'effet d'être un menteur envers eux, et rien d'autre. Je m'en éloigne en réalité. Rien de plus facile, mon métier d'océanographe me fait voyager sur les mers du monde entier. Ils seraient tristes de me savoir si près, tandis que je reviens sur mes traces. Je ne peux pas faire autrement que de rejoindre cet ersatz de volcan au milieu de la mer et de l'explorer encore, tandis qu'il n'a plus un secret pour moi, en dehors de cette grotte mystérieuse. Je m'arrête devant notre ancienne maison, comme si je la surveillais. Je n'entre jamais, j'en connais le moindre recoin. Je ne m'intéresse nullement à cette famille d'Austin, au Texas, qui en a fait l'acquisition. Peu m'importe qu'ils dorment dans nos lits, qu'ils arpentent ce jardin, dépassant l'arbre malade qui a guéri au même moment que ma mère. Un arbuste dont le tronc s'est couvert d'épines, verdissant avec les saisons. On le croyait perdu, prêt à s'étioler comme un jonc séché au soleil, mais ses piquants sont tombés comme de minuscules aiguilles se répartissant sur la terre avant de pousser telles des plantes vertes, aux feuillages pointues et difformes. Le tronc de l'arbuste a retrouvé sa couleur naturelle et Pippa n'a pas pu s'empêcher de faire un signe de croix en s'agenouillant près de l'arbre. Mon père ne s'en est pas soucié, ne s'occupant que de sa femme jour et nuit. Même longtemps après sa résurrection, alors que les médecins convoqués de toutes parts la jugeaient condamnée. Elle était mi-déesse, mi-statue, enfermée dans sa chambre, paralysée, ses yeux définitivement clos. Du moins, nous en étions persuadés. Je n'ai pas assisté à son réveil. Je dormais, d'un sommeil sans rêves, récupérant sans doute de tout ce que je lui avais donné et elle, pris en retour. J'aurais aimé la voir entrouvrir ses paupières, me prendre la main, et me dire merci. Nous n'en aurions plus jamais parlé. Elle aurait su, le genre de secret qui ne se partage pas, qui reste enfoui à jamais dans notre mémoire. C'est la main de mon père qu'elle a pris, se réveillant telle une belle au bois dormant, sans souvenirs, sinon ceux d'avant sa maladie. En quelques jours, elle s'est levée, a parcouru son jardin, s'arrêtant sans qu'on sache pourquoi à l'arbuste pareil à un Phénix qu'elle a caressé longuement avec ses deux mains. Puis elle a cueilli le fruit d'un *fico d'India*, ce cactus aux pointes fleuries qu'on jurerait similaire à des doigts de pieds, l'a ouvert avec un couteau et en a extrait la part comestible, acidulée et fade à la fois. Les branches de jasmin embaumaient autant, rien ne semblait avoir changé dans ce paradis terrestre. Rien, sinon tout.

Giulia

Assis en tailleur, nous observons le volcan s'activer, conscients de notre chance. Ce n'est pas tous les soirs que ses bouches exultent ensemble, un concert de flammes en furie, dirigé par un chef d'orchestre qui tarde à surgir du feu. Le vent éolien souffle fort sur les braises et les attise, tandis que le grondement enfle, pareil à un essaim d'abeilles à nos oreilles. Le centre des flammes est presque blanc un court instant, avant de passer à l'orange, puis au rouge, projetant la lave surgie du feu comme des papillons incandescents qui redescendent au sol, avant de s'évanouir aussitôt. Un touriste, autrefois, y est descendu, persuadé qu'il passerait entre les bouches éteintes, mais elles se sont réveillées, aussi soudainement qu'elles somnolaient, et l'impulsif n'a pas survécu. Anton s'est calé contre sa femme et regarde les flammes par-dessus son épaule. Son visage est éclairé par instants, comme la caresse d'un démon qui nous observe tous, probablement assis dans le brasier. Ethel s'est allongée, la tête reposant sur ses mains. Elle paraît fascinée par l'étrange ballet du feu. Un peu plus loin Thomas et Lior ont choisi le bord, leurs jambes se balançant au rythme des explosions. Leurs mains, parfois, se frôlent, qui ferait attention à eux, à part moi ? Gaetano parle avec Sebastián. Tom dort sur le genou de sa mère. Abigale et Eytan se tiennent un peu à l'écart, échangeant leurs sandwichs, l'œil rivé sur les flammes, attirés tels des aimants. Il va bientôt falloir repartir et emprunter un autre versant du volcan, Gaetano vient de nous faire un signe. Chacun rassemble ses affaires avant de hisser le sac à dos, fixer le casque et sa lumière, et enfiler un anorak. La nuit est noire maintenant, malgré la voûte céleste. La lune ne forme qu'une épaisse virgule et ne nous éclairera pas assez dans la descente. Le halo de la torche sera notre seule lueur pour avancer sur la pente. Une heure et demie devrait suffire pour rejoindre les premières lueurs de Stromboli et la forêt de bambous, dernière descente avant de se mêler aux touristes errant dans les rues désertées de l'île. Rien à voir avec la montée qui peut paraître hostile et difficile par moments, surtout dès que le soleil est encore présent, si chaud au crépuscule. Nous sommes tous prêts. Tom se frotte les yeux, son réveil lui a sûrement paru brutal. Je n'ai pas trop compris qui était ce Gris qu'il a évoqué, et que nous n'avons jamais vu à l'hôtel. Un ami proche, si j'ai bien compris, à la fois menaçant et imprévisible. Je devrais peut-être en parler avec sa mère. Mais tout en moi me dit de me taire. Je ne suis pas certaine que Cécile apprécierait cette intrusion. Après tout, la famille Lebrun est en vacances. Cette histoire ne me concerne pas, mais elle m'intrigue. Que ce soit Cécile, ou son mari Jean, aucun des deux ne m'a jamais mentionné ce Gris. Les enfants s'inventent parfois un double, ce doit être le cas pour Tom. Petite, je l'ai fait. Je me sentais trop seule, ici, sans ami réel. Gaetano était plus âgé que moi de cinq ans, et cela me paraissait être une frontière lointaine. Je me suis inventé une jumelle, le temps d'un été, Clara, que j'imaginais aussi rousse qu'un coucher de soleil. Je lui parlais dans le noir de ma mère Giulia, en espérant qu'elle me livre ses secrets. Mais cette amie imaginaire était trop silencieuse à mon goût, je l'ai effacée de ma mémoire à la fin de l'été, juste avant la rentrée des classes où j'ai pu enfin me faire de réelles amies, à Lipari, au collège. L'année prochaine ce sera le lycée, toujours à Lipari. Je ne me lasse pas de Marina Corta, son port, où l'on découvre les maisons basses des pêcheurs. Pas loin, la via Garibaldi où j'ai emmené Abigale dans ses nombreux commerces. On y voit des souvenirs en céramique, des étalages de câpres et du vin *Malvasia di Salina*, d'un jaune doré et intense. J'y ai seulement trempé mes lèvres. Un goût délicieux d'abricot, d'agrume, de fruit confit, de citronnelle et de safran. Je sais combien l'alcool peut échauffer les sens. Voir mon père dans un état pareil ne m'a pas encouragée à boire. Et je préfère mille fois qu'un garçon me tourne la tête, plutôt qu'un verre de vin, si bon soit-il.

Abigale

Le limon sur lequel je viens d'entamer la descente est absolument lunaire. De la poussière de volcan changée en sable. C'est comme marcher dans la poudreuse. Le premier pas s'enfonce. Le second doit aussitôt s'engager, tandis que l'autre émerge des profondeurs. Un étrange ballet, avec la caillasse qui dévale tout autour de vous et disparaît, aspirée dans l'abîme du sablon. La pente est ardue, Gaetano a conseillé d'éviter de s'arrêter. Nous risquerions de perdre l'équilibre, puis de tomber, avant de glisser sur cette pente nourrie aux copeaux rocheux. Je regrette de ne pas avoir loué de bâtons au magasin, j'en comprends mieux l'utilité. J'ai perdu Eytan de vue, de toute façon je ne vois rien à trois mètres. Le vent se lève et dessine mon point d'horizon. C'est à cet instant-là que je l'entends. Une véritable explosion qui me fait frémir et me cloue sur place. La terre tremble longuement sous mes pas. J'en ferme les yeux. Je ne sais pas quoi faire. Me coucher au sol, espérer que ça se calme ? Mais vu la pente, je vais me fendre le crâne sur la roche. Personne n'a songé à demander à Gaetano ce qu'il se passerait en cas d'éruption. Nous sommes tous sur le plus dangereux des versants, sans pouvoir courir, ni se cacher. Aucune pause n'est prévue avant la forêt de bambous. Une seconde détonation me terrifie. Je reçois une pluie de pierraille qui m'arrive droit dessus, le casque protégeant ma tête, pas question de l'enlever. L'un d'eux troue mon anorak. Je le retire aussitôt et le laisse choir au sol. Je décide de descendre plus vite, en me rappelant nos hivers avec Eytan à La Clusaz, où nous nous poursuivions dans des champs de neige fraîchement tombée. Les chaussures de montagne que j'ai empruntées à la boutique me font un peu mal aux pieds, mais ce n'est pas le moment d'y penser. Je regarde rapidement en arrière, rien d'anormal pour ce que j'en vois. Pourtant le volcan ne cesse de retentir. J'ai bien remarqué que le ciel s'éclaircissait, et ça ne me plaît pas du tout, ce coucher de soleil rougeâtre à une heure aussi tardive. Il me permet toutefois d'apercevoir des silhouettes qui slaloment sur cette piste improvisée. Je ne suis pas la seule à hâter le pas. Mais la poussière noire m'embourbe, je ne dois pas distancer une tortue, même pressée. Le dôme au-dessus de ma tête me terrifie. J'ai lu qu'un cratère en éruption crachait des projectiles enflammés. Rien à voir avec la petite pluie de cailloux qui a frappé à ma porte. Je pourrais rouler-bouler sur cette descente, mais la pente m'effraie et je n'ai plus l'âge de Giulia, ni celui de Tom. En plus ce sable regorge de pierres que je déterre à chaque pas. Je vais me briser les côtes. Giulia, Tom, où sont-ils d'ailleurs ? Je les ai perdus au sommet. Tout comme Eytan, qui aurait pu m'attendre. J'ai vraiment peur, j'en pleurerais de rage. Ça ne sert à rien de te ronger les ongles, ma fille. Réfléchis. J'ai beau me retourner encore, je ne vois personne. Les groupes doivent être espacés au moins d'une heure. La dernière déflagration du volcan fait battre mon cœur comme si je venais de courir jusqu'ici. Je peux juste tenter de ne pas trop m'enfoncer dans cette terre du diable, et marcher le plus vite possible. Je viens d'entendre une autre explosion, si près, que j'ai cru à un moment donné que j'allais sauter à pieds joints dans une des bouches enflammées que nous observions une heure plus tôt. Plusieurs pierres incendiées sifflent à mes oreilles. Je les vois filer, tels des projectiles, sur leurs cibles invisibles. Pour une raison que j'ignore, j'ai été épargnée cette fois-ci. Je fais volte-face encore une fois. La piste disparaît dans l'obscurité. Le mal surgit dans la pénombre. J'arrête de penser à la neige fondue. Mes pieds sont en sang, je le sais. Quand on est poursuivi, le seul moyen de s'en sortir est de fuir. Eytan et le reste du groupe l'ont bien compris. Si je m'en sors, je quitte Eytan. Je dis ça, mais je n'en ferai rien. Je donnerais tout pour une nuit avec lui, ailleurs qu'ici. Je vendrais mon âme, même. Et tandis que j'avance à l'aveugle, je me prends le pied contre un corps allongé et fais un vol plané. Il m'a semblé reconnaître l'anorak orange d'Ethel, mais je n'en suis pas certaine. Je vomis à quatre pattes, tant pis si je ne suis pas dans le bon sens de la piste. Je remonte lentement vers elle sans savoir pourquoi. Le visage en sang, son anorak déchiré, l'appareil photo écrasé. C'est bien Ethel. Je reconnais aussi l'anneau à son doigt, ce rubis qui étincelle sans raison. Visiblement, Sebastián ne l'a pas attendue non plus.

Ethel

Je n'aurais jamais dû accepter pareille aventure. Si Sebastián n'avait pas autant insisté, je n'en serais pas là, à me défendre dans ce sable mouvant, loin de lui, à descendre cette maudite piste tandis que le volcan s'est réveillé contre toute attente. Juste au moment de notre descente, avouons que c'est une sacrée malchance. Au moins sur le plateau, on aurait pu se cacher dans un des baraquements, ou fuir par un versant différent, plus éloigné, reprendre même le chemin par lequel nous sommes montés même si cela nous aurait pris de longues heures. Où sont les autres groupes d'ailleurs, où est le mien, parsemé dans cette descente déclarée être la plus rapide ? La seule chose qui s'accélère, ce sont les jets de cailloux et les pierres incendiées. Les rares visions du sommet en furie sont ces colonnes de fumée brunâtres qui surgissent du ventre de ce cratère et se répandent partout autour de moi. Je doute d'être la seule personne cernée. Je suppose que tous les membres de notre troupe y sont confrontés. Mais cela ne me rassure en rien. Je pense à Sebastián que j'ai retrouvé après dix ans de silence et de mensonges.

Ce n'est pas pour me coucher sur cette terre hostile et mourir ainsi, loin de lui. De toute façon nous ne pouvions descendre ensemble, quand on ne voit que le bout de ses chaussures, et encore. Je ne veux pas finir ainsi, entre l'effroi et l'obscurité. Cela reviendrait à être enterrée vivante sans personne pour venir à ma rescousse. J'en ai assez de ce terreau qui avale chacun de mes pas, de la batterie assourdissante de cette montagne qui résonne à mes oreilles, de cette partition discordante et inachevée.

Je ne sais pas pourquoi, je pense à Julieta et à son coup de fil au milieu de la nuit. Son désir de tout me dire semblait si fort qu'elle en avait oublié le décalage horaire. Elle, à Punta del Este, moi à Bordeaux. Mela, ma mère, a toujours eu cette santé fragile que personne ne songeait à soigner. Petite, elle avalait ses médicaments par poignées, ayant pris l'habitude de se balancer d'avant en arrière, ce qui déplaisait fortement à la famille. On parlait d'elle à voix basse, de peur que ce secret ne s'évente. On évitait de lui demander si elle allait bien. Personne ne tenait à entendre ses réponses. Elle a grandi sans amour, malgré celui de Julieta, pas souvent présente, ni le jour où Mela s'est mariée avec mon père, ni celui où il a commencé à la violenter. Une punition qu'elle jugeait divine pour tout le mal qu'elle infligeait à sa famille depuis sa naissance. Ma mère n'a jamais été aimée par personne. Elle concevait à l'égard de ce sentiment une méfiance naturelle, ce qui explique sa frayeur à me voir dans les bras de mon frère, endormis tous deux, nus. Il faisait si chaud cet été-là. Nous n'avions pas de ventilateur et l'air qui venait du dehors était encore plus étouffant. Elle a choisi mon frère, car les hommes sont toujours responsables du malheur des femmes. Elle a voulu la meilleure institution psychiatrique de Montevideo, a payé ce qu'il fallait pour qu'il y demeure longtemps. Je ne pense pas qu'elle y soit allée de peur d'y rester. Enfin, je crois. Je n'en sais rien en fait. Après tout, elle vivait en France. Ce qui est certain c'est qu'elle a envoyé des sommes importantes aux différentes fondations de cet hôpital pour être certaine que son fils y soit remis dans le droit chemin. Peu lui importait le temps et la dépense. Si la direction de cet établissement n'avait pas changé, mon frère y serait encore. Les menaces de ma mère n'ont servi à rien, son argent non plus. Sebastián a été libéré, si fragile qu'il tenait à peine debout. Je ne sais pas comment il a survécu à ça, mais il l'a fait. Julieta a joué un rôle essentiel. Au moins, elle a tenté de réparer ses torts. C'est une période dont il déteste parler. J'ai cessé de le questionner. J'aimerais pourtant savoir.

Une nouvelle détonation me ramène au volcan. Le ciel s'est éclairci comme s'il faisait jour. L'épaisse fumée brunâtre tout autour de moi crée un paysage d'outre-tombe. Je prends mon mal en patience. D'ici une heure je devrais être en bas. Je pense au visage de Sebastián, à ses mains, fines, légèrement tremblantes. À Ézéchiel mon mari, à sa barbe grise et soyeuse, à nos deux fils, Joaquín et Avril, ce que j'ai réussi de mieux. J'entends ce sifflement effrayant derrière moi. J'ai juste le temps de me retourner.

Sevda

Après Le Club, tout m'a paru dérisoire, même la méfiance que j'ai à l'égard d'Anton. *A posteriori*, nous sommes toujours ensemble et ses conquêtes s'en sont fait une raison. Même Brune est retournée auprès de son mari. Quant à ses penchants masculins, je n'ose y penser. Qu'ils les remettent en selle, ces garçons perdus qui cherchent un père en lui. Je lui ai donné trois filles. Il en est fier. Il n'aurait pas aimé avoir un fils. Il me l'a dit. Les hommes sont parfois déroutants. Qu'il les récupère dans un bar, au coin d'une rue, parmi ses patients, m'écœure profondément. Anton fait ce qu'il veut de son argent. Nos comptes sont séparés. J'ai hérité de mes parents. Anton pourvoit aussi à mes besoins. Je suppose que ça le dédouane pour le reste.

Cette excursion en montagne a pris des allures de fin du monde. Lorsqu'on sait se défendre, on peut se battre aussi contre du sable, ne pas le laisser vous ralentir. Nous avons descendu la moitié de cette pente sans se lâcher la main. Seuls au monde ou presque, tous semblaient avoir disparu. Il faut dire qu'on ne voit pas grand-chose dans ce brouillard de poussière. Le masque que je porte m'étouffe. Une fumée grandissante et épaisse continue de dévaler la pente sans se soucier du sol. Elle m'a séparée d'Anton. Autant fermer les yeux, malgré la clarté du ciel. Encore faut-il réussir à le voir. J'ai hurlé bien sûr à l'approche du jet de pierres. J'ai cru entendre d'autres voix, peut-être celles du groupe. Serait-ce un écho ? La terre sous mes pieds tremblait, tout devenait instable. Je m'imaginais tomber dans une faille.

Je n'ai jamais craint la solitude pourtant. J'aime Anton. Mais ses nombreux voyages m'arrangent. Je construis mes journées comme bon me semble. J'achète de nouvelles robes. Je déteste qu'Anton soit avec moi. Les hommes ne sont pas faits pour accompagner. Autant leur laisser croire qu'ils dirigent. Qu'ils s'imaginent donc nous être indispensables. Je le laisse jouer dans sa cour de récréation avec ses amis et ses billes. Je souris à ses plaisanteries. Je le laisse entrer en moi. Je le réconforte quand il revient d'un pays en guerre. Je fais de lui le centre de mon univers. Seule, je rajeunis. Je ne suis plus la même femme. Alors ce n'est pas une tempête de feu et de poussière sableuse qui va m'anéantir. Enfant, je rêvais d'un sable mouvant qui m'empêchait d'avancer. Je ne savais rien de la vie. Je créais mes propres frayeurs. Je retrouve ici ce cauchemar, à patauger sur cette rive si sableuse qui me retient de courir. Mais au moins j'avance. Ça doit bientôt faire une heure que je descends. Pour une raison que j'ignore, ma montre s'est arrêtée. Une Jaeger-Lecoultre que m'a offerte Anton. Je pourrais aussi bien m'en débarrasser. C'est à cet instant précis que j'aperçois un animal bondir, qui s'avère être Cécile, la mère de Tom. Elle file si vite que je l'envie. L'acrobate défie les lois de l'apesanteur, tandis qu'à l'horizon arrivent à grande vitesse des pierres incendiées. Je précipite mon pas, qui n'a rien de léger. Je n'ai pas la souplesse de Cécile qui doit être déjà à bon port. J'évite de peu un boulet de feu. Pourtant je ressens une douleur si vive dans la nuque qu'elle me plaque au sol. Je résiste autant que je peux, mais il me semble que la plaie s'agrandit, tandis que la douleur augmente. Je lâche un juron, crie le nom d'Anton dans la nuit au milieu de ce vacarme, et me laisse glisser, longuement, dans l'obscurité la plus totale.

Gaetano

Je m'en veux de tous les avoir abandonnés. Guillaume de la Salle ne me le pardonnera jamais. Après tout, ils ne sont rien pour moi, à part Giulia. Même elle, je ne m'en suis pas soucié. J'ai filé à la première explosion. Je savais trop bien ce qui nous attendait. Nous étions tous engagés sur ce versant qui en temps normal est assez facile à descendre, si on prend le pas sur cette fosse au sable. Mais là, vraiment, je les ai tous placés sur le mauvais échiquier. De toute façon l'ascension de Stromboli risque d'être interdite tout l'été. Je n'y peux rien si le cratère s'est réveillé cette nuit, au pire moment pour moi. Je dirai que je les ai cherchés partout, que je suis même remonté pour les secourir, mais qu'il était trop tard. Si ça se trouve ils vont tous s'en tirer, et cela leur fera des conversations animées pour le reste de leur existence. Je n'aime pas spécialement les touristes. Ils viennent nous donner des leçons, sans gêne, et sèment leurs ordures de la plage à la montagne. Le gouvernement italien est trop laxiste à ce sujet. On devrait encore réduire leur présence sur cette île. Je m'en fiche, je peux chercher du travail aussi bien à Lipari qu'à Panarea. Bon, je suis loin encore de rejoindre la forêt de bambous. Je dois délirer : je viens de voir passer une femme à quatre pattes filant sur la piste, comme une voiture sur un rallye. Pas le temps de comprendre. Jusqu'ici j'ai évité tous les jets de pierres. Je me retourne en permanence pour ne pas me faire piéger. Je me suis couché plus d'une fois au sol, à manger ce foutu limon que le vent me force à avaler. Je regarde aussi au-dessus de ma tête, les pierres étant catapultées du volcan. Elles arrivent de partout, je finis par baliser. Je vais crever sans revoir mon père. Si j'en sors vivant, je démissionne de *Stromboli Adventures Guide Alpine*, et prends aussitôt un billet pour me rendre auprès de lui. J'aurais dû y aller avant, même. Je pense à Giulia, je suis vraiment un salaud de ne pas m'en être préoccupé davantage. Parce qu'elle ne veut pas de moi ? Parce que je ne suis pas assez bien pour elle ? Je comptais l'inviter à ma fête cet été, Guillaume est d'accord. Mais je n'en ai rien à foutre de cette fête, de Guillaume, et de tout ce groupe, Giulia incluse. Je veux m'en sortir, payer des cocktails hors de prix à ces filles canons que je glisserai dans mon lit. Je veux être Don Juan qui fait de l'effet où qu'il entre. Je veux boire et oublier que mon père est devenu un assassin à cause de moi. Ne plus me souvenir de ce parrain généreux qui plus d'une fois a payé mon loyer, alors que je buvais tout l'argent avec ses filles. Elles ne veulent plus me voir maintenant. Elles disent de moi que je suis le diable en personne. Un bouffon bien désemparé dans ce désert des tartares, où je viens de commettre une faute fatale. Un court et bref moment d'humanité en moi. J'ai cru reconnaître la silhouette de Giulia, j'ai crié son prénom, puis je me suis tu, avant que la pierre en feu ne me fende le crâne.

Thomas

J'ai perdu Lior dans la tempête de sable. Je l'ai vu entrer dans la pénombre et j'ai pensé à Emilio s'éloignant à la nage jusqu'à ce que je le confonde avec le léger frémissement de l'eau. Le vent s'était levé ce jour-là, avant l'orage. Rien de comparable avec le déchaînement des éléments en descendant ce versant mortel. Les prémices d'une agitation intérieure que j'ai mis des années à calmer. Il aurait pu dériver quelques centaines de mètres, mais pour cela il aurait fallu qu'un typhon sévisse sur l'île, un simple grain ne peut suffire à remuer les fonds à ce point. Il a plu la nuit de sa disparition, une averse battante qui cloquait la mer et la rendait dansante en surface. Oui, Emilio aurait pu suivre les courants qui, en cette période, sont plutôt rares. Être repêché au large par un de ces chalutiers qui aurait bravé la colère du ciel pour une pêche jusque-là décevante. Recueillant Emilio dans son chalut, grosse prise ramenée à bord par les marins, repartis à Naples ou à Palerme, le sauvant *in extremis* ou le déposant au port comme un cadavre encombrant. Pourtant l'enquête s'est étendue jusqu'à ces villes et même au-delà. Je suis retourné à Ravello dans cette petite maison au sud de Naples. J'aime cette route à flanc de falaise que la ville surplombe. Derrière le chaos rocailleux, je retrouve ces magnifiques jardins ombrés de pins parasols et de palmiers qui délimitent les ruelles pavées, les belles villas édifiées au Moyen Âge. Je n'étais pas marié à Emilio. Sa petite maison insalubre a été abandonnée après sa disparition. J'ai fait le tour de la bâtisse. Je serais rentré par une fenêtre entrouverte, mais tout semblait si délabré. J'ai déguerpi. Je savais ce que j'étais venu chercher. Emilio ne paraissait pas s'être réfugié en cette demeure. Pourquoi l'aurait-il fait d'ailleurs ? Plus rien ne semblait avoir de sens. Pauvre Emilio. Fils unique, de parents tués dans un accident d'avion, sans frères, ni cousins. Juste un oncle qu'il connaissait à peine, à l'héritage bien sonnant, tombé au meilleur moment. Plus personne, à Ravello, se souvenait d'avoir vu Emilio après ces années, lorsque nous étions en couple, deux voisins charmants et sans histoires.

La foudre s'est abattue autour de moi, le sable se confond avec les colonnes de fumée qui s'échappent en trombe du volcan. Aucune pierre ne m'a atteint, aucune pluie de caillasses, je comprends encore mieux l'expression *passer entre les gouttes*. À l'orée de la forêt de bambous, ils sont là, reluisants de poussière, comme oubliés par le temps. Où est Lior ? Je le cherche parmi ces silhouettes effarées. Je reconnais Giulia et presque tous les autres membres de notre groupe déchu, avachis pour la plupart. Gaetano et Ethel ne sont pas là. Cécile, Tom et Sevda non plus. Je m'attends à voir surgir Lior entre les bambous. S'ils frémissent, ce n'est pas à cause de lui. Le vent nous a rattrapés et s'engouffre entre leurs tiges pour mieux les agiter. Ici et là, les pierres en feu ont frappé cette forêt verte et l'ont creusée en son centre. Mais où se trouve Lior ? Faut-il que je remonte braver les éléments pour le retrouver ? J'en suis capable. Il a fort bien pu continuer et traverser ces bambous, un jeu d'enfant après cette descente aux enfers. Nous avons pris la barque de Charon, le fils des ténèbres, qui nous ramène à la lumière, si faible soit-elle encore à cette heure.

Tom

Gris m'a murmuré à l'oreille que je ne risquais rien. Cécile me retrouverait, quitte à remonter toute la pente, elle en possédait la force. Dès que je l'ai aperçue, elle arrivait vers moi plus vite que le lièvre dans les champs, quand un chasseur le poursuit avec sa carabine. Elle m'a dit d'une voix sèche de m'accrocher à son cou, de relever les jambes, et de fermer les yeux. Je devais penser à la piscine du Strongyle et à rien d'autre, à ce bleu indigo dans lequel j'aimais disparaître. Je ne devais en aucun cas me laisser distraire par les bruits extérieurs. Facile à dire. Ça pétait de partout, comme un feu d'artifice foireux, les fusées étant dirigées vers nous. Mais j'ai obéi. Je l'ai agrippée au cou, mes jambes repliées dans le vide et j'ai fermé les yeux. Gris était là, dans un coin de ma tête, assis sur le plongeoir de la piscine indigo. Il me souriait, mais rien dans cette grimace ne me rassurait. Je me suis approché de lui et je l'ai poussé dans l'eau. Il n'est pas réapparu à la surface. C'est bien Gris, ça. Louise jouait avec Corentin au bord de la margelle, dans une flaque de chlore. Ils ne s'intéressaient nullement à moi. Je précise que j'y apparaissais par la pensée et que tous les gestes que j'adressais à papa pour le prévenir du danger ne servaient à rien. Il lisait un livre, ne jetant un œil à ses enfants que s'il tournait la page. Sa serviette était hissée jusqu'au maillot, à cause d'une brûlure sur la cuisse gauche. Maman et moi étions poursuivis par le soleil de minuit, qui dardait ses rayons comme des lances aussi aiguisées qu'une épée de gladiateur. J'ai tenté d'ouvrir les yeux, le sable m'a fait battre les cils, ou la poussière, je ne sais pas, un épais brouillard brunâtre au goût acide. Un temps d'apocalypse où il pleuvait des pierres qui cognaient contre mon casque comme si elles demandaient la permission avant d'entrer. Une fusée rouge n'est pas passée loin, elle m'a rôti la jambe droite. J'ai hurlé. Maman a accéléré ses sauts de kangourou, jamais je ne l'avais vue sauter si vite, ses pas effleuraient à peine le sol. Ma jambe me faisait mal. Je n'ai pas cherché à la regarder, mes bras serrés autour du cou de maman. J'ai fermé les yeux à nouveau. Gris était allongé sur un transat, à côté de papa. Il remontait son pagne à la taille et faisait semblant de lire un livre. Gris ne lit pas, ça le déconcentre pour tout ce qu'il a à faire. Nous surveiller, Louise, Corentin, et moi, et pas seulement d'un œil en tournant la page. Il a jeté le livre dans la piscine qui a dû couler au fond, et il m'a dit de bien m'accrocher, que ce serait bientôt fini, que ma blessure à la jambe resterait superficielle, que je ne risquais rien. Je ne devais pas m'inquiéter davantage de cette crampe que j'allais bientôt ressentir à mon pied gauche, ma position étant des plus mauvaises, il fallait s'y attendre. Mon pied gauche s'est littéralement retourné dans la chaussure de sport que j'avais choisie au magasin, à cause de sa couleur, rouge, comme les transats sur la plage de Stromboli, comme ces pierres qui sifflaient à mes oreilles tandis que ma bouche se crispait, que mes yeux se forçaient à rester fermés, malgré les larmes qui s'en échappaient. De petites fissures de douleur alors que ma jambe s'était anesthésiée au point que je ne la ressentais plus, et que mon pied dansait dans ma chaussure trop serrée. Ce sont les voix qui m'ont rassuré. Celles de Thomas et de Giulia qui criaient mon prénom. J'ai ouvert les yeux au moment où maman ralentissait ses sauts. Je suis tombé à même le sol, ma jambe brûlante, mon pied fou. Thomas m'a pris dans ses bras et m'a porté à travers les bambous sur une couverture fraîchement dressée. Anton a examiné ma jambe dans la semi-pénombre après m'avoir déchaussé. Maman me tenait la main, assise sur ses talons. Son visage semblait peint avec de la suie, tandis que de grosses gouttes de sueur perlaient sur son front comme de vilains boutons à percer.

Anton

Je suis dévasté. Sevda n'est toujours pas là. Je ne peux pas hésiter davantage. Je vais devenir fou. Je dis au groupe de repartir. Il reste une bonne demi-heure de descente dans la forêt des bambous, et plus de vingt minutes avant de rejoindre l'hôtel. Mais ils préfèrent tous s'allonger entre les joncs, maintenant qu'ils savent que le petit est hors de danger. Thomas dit que Lior y est encore, que lui aussi va patienter. Cécile est épuisée, elle s'est allongée auprès de son fils. Je suis le seul médecin sur lequel ils peuvent compter. J'ai toujours une trousse de secours avec moi, où que j'aille. Une vieille habitude. Rien ne nous dit que cette accalmie va durer. Les portables ne passent pas à cette altitude. De toute façon la colère du volcan a dû être repérée dès ses premières explosions. Où que vous soyez à Stromboli, l'animal se dresse au bout d'une ruelle ou d'un jardin comme l'imposante montagne qui insiste sur sa puissance et son omniprésence. Les secours ont certainement été prévenus, la marine nationale ne devrait pas tarder. Ils vont attendre de savoir si des répliques ou non sont prévues avant d'envoyer les canadairs. Mais à cette heure, seule Sevda m'importe. La pente est rude dans ce sens inverse, je peine à franchir les quelques mètres qui me séparent des autres. La fumée est si opaque, je ne sais pas où me diriger. La largeur de ce terrain m'effraie, Sevda pourrait être n'importe où. La seule chose qui me rassure, c'est d'avoir emprunté cette descente avec elle sur la moitié du chemin. Au moins, je n'ai pas à remonter jusqu'au plateau. Un paysage de désolation stérile, où la poussière ocre entre par ma bouche, mon nez, mes oreilles. Un goût de terre sèche que j'expulse autant que je peux. Les fusées de pierres ont cessé de pleuvoir. Elles m'ont rappelé ces camps retranchés en Syrie, ou en Afghanistan où nous étions assiégés, pays instables, plus de morts que de blessés à soigner, ceux sur lesquels on dessinait une marque au front, parce qu'ils n'avaient aucune chance de survivre. Soigner les dégâts de la guerre tandis que les balles ne cessent de pleuvoir vous apprend à garder le calme. C'est la seule possibilité pour opérer tranquillement avec des équipements de fortune qui suffisent souvent à restituer la vie. Ici, à Stromboli, je ne vois rien à plus d'un mètre. La torche est presque inutile, elle crée une sorte d'halo dans ce magma sableux qui ne cesse de m'aveugler. J'ai crié le nom de Sevda à plusieurs reprises. Mon grognement a empli ma bouche de sable. J'ai dû laver ma bouche à plusieurs reprises en recrachant l'eau. J'ai beau regarder à gauche ou à droite, je n'ai aucune latitude. En observant l'heure à ma montre, je sais juste que je monte depuis une demi-heure. J'appelle Sevda encore et encore. Je chasse Marco de mes pensées, ce n'est pas le moment. Nos errances sur sa barque m'ont fait du bien. Sevda n'en sait rien. Ne rien dire est un jardin qui se cultive. Je sais me taire, ne pas me trahir. Je suis une espèce de fauve en voie de disparition. Mes proies n'ont rien en commun. Je les enserre à loisir. Je vis plusieurs existences en une seule. Après tout ce que j'ai vécu ces trente dernières années dans ces camps éloignés où j'ai guéri des centaines de moribonds, choisi ceux qui devaient vivre ou mourir, sans jamais me prendre pour une sorte de dieu vivant, je crois que je mérite toutes ces vies parallèles, même si la seule qui compte vraiment est celle avec Sevda. Je viens d'apercevoir une forme balayée par les vents chauds et cette poussière du diable. Oui, je reconnais son anorak jaune. Nous avions plaisanté à la boutique : on ne verrait qu'elle. Je m'en approche en accélérant le pas. Je m'agenouille près de Sevda, prends son pouls. Faible, mais elle vit encore. Je sais ce qu'il me reste à faire. Le plus dur. La porter sur l'épaule jusqu'en bas. M'enfoncer davantage dans le sable en la sauvant.

Giulia

La terre est bien plus ferme entre ces bambous. Elle a cessé de trembler. Aucune réplique ne semble se produire. Chacun d'entre nous lève le regard, parfois, sur ce plafond incendié qui masque toutes les étoiles. Un peintre fou qui l'aurait croqué par saccades, main tremblante, laissant de longs traits difformes rouges, orangés, et jaunes en une sorte de coucher de soleil éternel. Cécile porte Tom sur son bras. Pauvre chou, il s'endort et se réveille à chaque soubresaut. Anton est revenu parmi nous, pareil à un tableau de Titien, sortant de l'ocre pénombre, sa femme dans ses bras. Il lui a administré quelques soins, avant de la hisser sur son épaule. À cette heure tardive, nous n'arriverons pas avant deux heures du matin à l'hôtel. Aucun poste de soins ne sera disponible avant l'ouverture de la *Guardia Medica* à huit heures. Et même s'ils en ont créé un d'urgence, Anton suggère de rentrer à l'hôtel où sa trousse de soins devrait suffire à soigner Tom et Sevda, au moins à atténuer leurs douleurs. La blessure du fils de Cécile ne m'inquiète pas, elle paraît superficielle. Ce qui n'a pas l'air d'être le cas de celle de

Sevda. On voit bien que sa gorge s'est infectée et présente une vilaine plaie putride. Papa et Matheo sont venus à notre rencontre. Ils étaient incapables l'un comme l'autre de demeurer à l'hôtel sans rien faire. Matheo dit que des feux de broussaille se sont déclenchés sur le flanc sud-est de Stromboli. Des affaissements de terrain ont eu lieu du côté de Ginostra. Plusieurs maisons inhabitées se sont effondrées comme des fétus de paille. La colonne de fumée que nous avons aperçue pendant la descente a dépassé les deux kilomètres de hauteur pendant les heures qui ont suivi l'éruption. Stromboli n'a jamais été aussi en éveil que cette nuit. Les Strombolani se sont attardés aux terrasses de café avant de s'approcher de leur *Iddu*, se regroupant par dizaines pour emprunter les sentiers escarpés. Papa pense que la marine nationale va sûrement évacuer les habitants et les touristes qui le désirent. Elle va dépêcher plusieurs embarcations dès aujourd'hui. Toutes les autorités locales ont été prévenues par téléphone. Je pense à ceux qui ont dû se précipiter à la mer, pensant échapper à l'ire de Stromboli. Mieux vaut se barricader chez soi. *Iddu* déverse toute sa rancœur d'éboulis de pierres enflammées et d'excès de lave dans les flots. Matheo propose à Cécile de porter Tom à son tour. Elle accepte. Ce petit bout de femme est exténué. Ethel est quelque part dans la montagne, personne n'a eu le courage d'y retourner à part Anton, mais il ne pouvait les ramener toutes deux. Il a bien fallu l'annoncer à Sebastián qui s'en doutait déjà. Sa blancheur est devenue spectrale, il n'a pas dit un mot. Gaetano et Lior sont toujours manquants à l'appel. Je crains le pire. Je n'arrive pas vraiment à rassembler mes pensées. Je reste près de

Thomas, taciturne, épuisée. Son pas ne m'a jamais paru plus lourd. Il n'a pas fait une seule photographie. De toute façon, il n'y avait rien à voir, sinon la désolation d'une île en cendres. Son appareil, pendu à son cou, se balance comme un métronome. Il dit qu'il est confiant, que Lior n'est pas mort, qu'il le saurait sinon. J'ai bien envie de lui demander comment il peut ressentir ça, mais je me tais. Je ne suis qu'une fillette maligne à qui on n'apprend pas un tour de magie sans qu'elle devine qu'il est truqué. Pour moi, Lior et Gaetano gisent sous leur tombe de poussière et de sable, balayés par la colère du volcan. Un autre groupe nous a devancés, en nous saluant de la tête, portant un corps sur l'une de leurs épaules. Des silhouettes dans la brume. Ils ne tenaient pas à s'attarder, aussitôt happés par la forêt de bambous, disparaissant au premier tournant. En retrouvant les premières ruelles que nous avons empruntées à l'aller, on voit bien que Stromboli est en éveil. Les terrasses vides à cette heure tardive sont parsemées de curieux. Il ne nous reste pas loin de vingt minutes avant de rejoindre le Strongyle.

Abigale

Je vais jusqu'à la terrasse de ma chambre. Je n'ai qu'une envie, me débarrasser de ces maudites chaussures de montagne. Eytan se sert un whisky et me rejoint, hagard, avant de s'affaler sur une chaise qui ne résiste pas. Les deux s'écroulent à terre dans un fracas. Eytan affiche brièvement une expression d'étonnement. C'est bien la première chose qui m'arrache un sourire depuis cette affreuse descente sur la planète de sable. C'est par poignées qu'il surgit de ma chaussure. En retirant mes chaussettes, pas de doute, mes pieds sont bien en sang. Je me suis fait de vilaines ampoules qui se sont infectées. Je ne vais pas déranger Anton pour autant, je devrais avoir ce qu'il faut dans la salle de bains. Je laisse Eytan se relever et remplacer sa chaise. Je prends une douche. Le sang s'échappe par filets clairs et tourne autour du siphon. J'ai l'impression de sentir le chameau après un mois de désert. Je me décrasse au savon, laisse l'eau couler longtemps, jusqu'à ce que mes pieds ne saignent plus. Je les désinfecte, avant de les border de plusieurs sparadraps, là où ma peau n'est plus qu'une cloque crevée.

Je ne veux pas entendre les explications d'Eytan. Il ne m'a pas attendue dans la descente. Point. Nous sommes vivants, lui et moi. Mes pieds sont heureux de respirer enfin sur ce carrelage qui imite parfaitement le parquet. J'aimerais qu'Eytan s'endorme sur la terrasse, partout ailleurs que dans mon lit, cette nuit. Je n'ai pas envie qu'il me prenne dans ses bras et me rassure. Plus rien en lui ne le fait. Il va sûrement appeler sa femme et lui conter ses exploits. Je ne veux pas écouter le son de sa voix quand il le fera, ni le moindre de ses mots, autant me blesser avec des aiguilles qui me feront saigner le cœur. Si je suis heureuse d'être en vie, j'en veux à ceux qui y sont restés, Ethel, probablement Gaetano et Lior. L'éternelle question, pourquoi eux et pas moi ? En fait je suis fatiguée et en colère. Je me dis qu'Eytan aurait pu me proposer un whisky, après ce que nous avons vécu, c'est bien un jour à boire, à se soûler, à tout oublier, à commencer par lui. Je m'enroule dans une serviette, me sers un verre et le bois, assise sur le lit. Eytan est au téléphone. La terrasse est devenue son territoire. Malgré mon épuisement, je m'habille, un short, un T-shirt et je sors de la chambre, pieds nus, sans lui faire un signe. Je rejoins le bar où je retrouve Matheo et Guillaume. Je pensais voir notre petite troupe, mais visiblement je suis la seule. Le premier verre m'a fouetté le sang, le second m'anesthésie. Matheo est parti se coucher. Guillaume m'en sert un troisième, je serais capable de chanter, si les paroles défilaient sur l'écran d'un karaoké. La voix chaude du propriétaire me tient en éveil. La vie de cet homme m'émeut. Il a perdu sa femme à l'accouchement de sa fille, et ses années à la direction du Renseignement militaire ont de quoi réveiller un mort. Je regarde dans mon verre cet alcool brun tanguer autant que je le fais sur ce siège trop haut. J'embrasse le père de Giulia sur la joue et décide de rentrer. Guillaume m'accompagne jusqu'à ma chambre et me fait une révérence qui me fait rire. À cette heure tardive de la nuit je pourrais glousser d'un rien. Ce qu'il m'arrive en découvrant Eytan endormi sur un fauteuil de la terrasse. Une fois nue, je me glisse sous le drap, étire grand mes bras jusqu'à l'oreiller bombé d'Eytan. La nuit porte conseil, paraît-il. Je verrai bien ce que je décide ou pas dans les prochains jours. Je m'endors vite, en chien de fusil. L'alcool, parfois, est un excellent somnifère.

Lior

Je m'éveille à la *Guardia Medica,* que je reconnais aussitôt. Adolescent, j'y suis allé plusieurs fois l'été, pour des entorses au poignet quand je jouais au tennis avec ma mère, avant sa maladie. Je regarde mon corps, j'ai un bandage au bras gauche et à la cuisse droite, une douleur sourde qui a fini par me réveiller. Je tâte brièvement mon visage, je n'ai rien. Je me demande si Thomas va bien, s'il a échappé à cette fournaise. Ça me rend malade de ne rien savoir. Une infirmière entre avec un plateau, une piqûre d'antibiotiques qu'elle m'injecte aussitôt. Elle me dit que j'ai eu de la chance. Un touriste m'a pris sur son épaule sur un des versants du volcan et m'a descendu jusqu'ici. Dans la confusion des urgences, cet homme n'a pas donné son nom. De nombreux blessés sont arrivés au même moment, l'homme en a profité pour disparaître. Peut-être était-il pressé. Je lui demande comment elle savait qu'il s'agissait d'un vacancier, elle me répond par un sourire.

— Les Strombolani savent reconnaître un touriste, croyez-moi. Ce n'est pas bien difficile. En tout cas, il ne s'agissait pas d'un homme d'ici, c'est certain.

Je songe à cet homme qui m'a sauvé, dont je ne verrai probablement pas le visage, ni ne connaîtrai l'identité. Sans doute un des membres du groupe qui nous a suivis. Je n'ai aucun souvenir du versant que j'ai descendu. J'avançais dans cette muraille ocre et poussiéreuse. J'ai dû être frappé par une de ces pierres incendiées et perdre connaissance. L'infirmière me dit que je peux partir. Je m'habille rapidement. Je vide le contenu de mes chaussures pleines de sable dans la corbeille de la chambre. Je pense à Thomas qui doit être inquiet, je n'ai pas retrouvé mon portable dans mes affaires. J'ai dû le perdre dans la montagne, quand cet inconnu m'a porté sur lui. Je monte dans un Ape à la sortie de la *Guardia Medica* et lui indique le Strongyle. Je compte les instants qui me séparent de ce géant. J'espère le retrouver à l'hôtel. Qu'il n'a rien. Je redeviens avec lui cet adolescent insouciant que j'étais avant que ma mère ne soit malade. Sa présence, ses bras me rassurent. Je sais combien ses mains sont douces lorsqu'elles glissent sur moi. Je n'ai pas choisi d'aimer cet homme. Pas plus que ma couleur préférée, le bleu. J'aurais pu tomber amoureux du premier visage dans cette chambre d'hôpital en me réveillant vivant. L'infirmière par exemple, une jeune femme énergique et souriante. J'adore le sourire. Il me fait fondre comme le verre sous le feu. C'est une invitation à entrer. La clé unique pour toutes les serrures du monde. Et celui de Thomas entre en moi avec une telle vigueur qu'il me fait rajeunir un peu plus chaque fois. Je le trouve sans peine à l'hôtel, un livre posé sur son ventre, assoupi sur le lit. Mon cœur bat fort. La chambre est fraîche, je sais combien la chaleur lui est pénible. Il préfère traîner d'une terrasse à l'autre, ou flâner sur les sentiers en fin de journée avec son appareil, avant d'assister, à l'embarcadère, au coucher du soleil. Il m'a déjà mis dans sa boîte, à plusieurs reprises. Son insistance, ses ordres m'ont décontenancé. Cette façon de tourner autour de moi, de s'approprier mon être, m'a fait penser à ses anciennes coutumes africaines où photographier revient souvent à voler l'âme de l'autre. Ces images de moi, observées dans son objectif, sur un écran pas plus grand qu'une carte de visite, m'ont perturbé. Je le crois volontiers sorcier à ses heures. C'est moi, sans être moi. Un double jumélique où chaque cliché exprime mes émotions, les plus vraies, sans artifices. Je m'allonge près de lui, suffisamment pour le réveiller et souffle sur une de ses oreilles. La stupéfaction de me voir si près, puis ce sourire qui embrase tout son visage, comme un immense soulagement. Je l'embrasse. Sa bouche sent encore le sommeil. Sa langue est vivace, presque épaisse. Je ne demande qu'à lui appartenir.

Sevda

Ainsi, je ne suis pas morte. Anton est venu à moi sur ce versant du diable et m'a sauvée. Nous aurions pu rentrer à Istanbul, mais Anton a préféré prolonger notre séjour, que je me repose encore quelque temps, que la plaie cicatrise. Matheo nous a trouvé une infirmière de la *Guardia Medica*, native de Stromboli, Aura. Je n'ai pas voulu priver la comtesse Elena de la sienne, alors qu'elle l'a si aimablement proposé à Anton. Je lui ai promis un thé dès que je serai rétablie. Aura vient, une fois par jour, changer le pansement, après avoir nettoyé la plaie. Je passe mes journées au lit, profitant du calme et de la fraîcheur de cette chambre, me traînant jusqu'à la terrasse lorsque celle-ci est à l'ombre, quand je n'ai pas de visites impromptues. Giulia a décidé de me faire goûter à toutes les pâtisseries siciliennes, comme le *Cannoli*, une pâte frite parsemée de poudre de chocolat ou de café, farcie de ricotta sucrée et fondante, et ornée de fruits confits. Un vrai crève-cœur pour ma balance. Abigale me rend visite aussi en fin d'après-midi. Elle pense quitter Eytan avant la fin de l'été. Je lui ai dit de bien réfléchir avant de prendre sa décision. Que les femmes sont sottes parfois ! Elles prennent souvent une lubie pour un fait. Certes, Abigale a fait du chemin depuis l'époque où elle vendait des fruits sur le marché de Lipari. Elle gagne suffisamment d'argent pour ne pas dépendre d'Eytan. Mais cette manière d'expédier sa liaison comme on claquerait des doigts m'exaspère. Elle va se retrouver seule, tandis que son bel amant retournera auprès de sa femme. La vie se goûte comme un *Cannoli*. À pleines dents, et tant pis pour les miettes et les taches. C'est un détail. J'aurais pu tromper Anton. Pas avec les membres du Club, bien sûr. Tous ces porcs m'auraient volontiers embrochée. Non, je parle d'hommes sains d'esprit. J'en fréquente certains dans les associations caritatives où je me suis inscrite à Istanbul. Cela me permet de garder un lien social, une sorte de connexion avec le monde réel. Je me confie peu à mes filles. Je joue le rôle de mère. Je les console d'une peine de cœur. Je plie le chèque en deux avant de le ranger dans l'une de leurs poches, même si elles s'en offusquent pour la peine. J'aime flirter avec ces hommes d'affaires, leur dire des choses de moi, intimes, que même leurs femmes ne se risqueraient pas à révéler. Je les choisis bien. Pas question de tomber sur un psychopathe ou un amoureux transi. Je les allume et les éteins aussi vite. Je suis presque irréprochable. Une bonne copine aux yeux doux et rien d'autre. Je ne leur donne rien de moi. Je ne suis pas Anton. Je ne m'y risquerais pas. Je ne tiens pas à contrôler la situation. Pas comme sur ce versant où je ne maîtrisais plus rien. J'ai égaré ma Jaeger-Lecoultre, la recto verso en panne d'heure. Elle a dû glisser de mon poignet. Changer de montre, c'est une nouvelle existence qui vous attend, dit-on. Même si la mienne me convient très bien. Je n'ai aucune envie de mettre Anton à la porte, même s'il m'exaspère avec ses conquêtes qui me donnent le tourni. Je devrais peut-être cesser de fouiller ses poches. Après tout, je l'accepte comme il est, depuis notre rencontre où j'ai regardé ses lignes de la main. Trop de femmes, trop de tout. Je le savais déjà. Celles d'Abigale sont rassurantes, cette ravissante blonde aura tout ce qu'elle veut. Elle ne manque déjà pas d'hommes dans sa vie. Eytan est loin d'être le seul. Elle m'a souri quand je le lui ai dit. Je n'avais pas besoin d'en savoir davantage. Oui, je devrais délester la laisse que j'ai accrochée au cou d'Anton. Le laisser vivre pleinement sa séduction. De toute façon, il me revient toujours.

Matheo

Ma cicatrice, finalement, attire plus qu'elle ne révulse. Les femmes aiment glisser leurs ongles de mon oreille à ma bouche, pour sentir le velouté de cette boursouflure. Je ne m'intéresse pas à celles de l'hôtel. Je m'en méfie même. À l'exception bien sûr de Pippa que j'ai connue mariée et mère. Il nous a paru évident que deux personnes à la dérive finissent ensemble. Plus les clientes du Strongyle ont de l'argent, plus leurs goûts sont étranges. Je les préfère serveuses, hôtesses, vendeuses, ou divorcées. Ces dernières sont en manque, j'ai davantage de chance. Il me faut éviter l'alliance au doigt et les problèmes qui viennent avec. Depuis que je suis à Stromboli, je fais de l'hypertension artérielle. Ce n'est pas un hasard. Je prends des médicaments, quand j'y pense. Du temps où nous étions avec Guillaume à la DRM, les femmes étaient le cadet de nos soucis. Il nous fallait apprendre à rester vivants. Le corps est une chose, le cerveau, lui, en est une autre. J'ai vu trop de militaires revenir sains et saufs de leurs combats, avant de se tirer une balle dans la tête, ou de décimer leur famille entière. Ce dont on est témoin sur ces champs de bataille a de quoi s'imprimer à jamais dans la rétine. Un fil ténu qui se fêle comme un miroir sans tain et se répand dans votre crâne comme une bombe à retardement. Les psychologues n'y peuvent rien. Les anxiolytiques, les neuroleptiques, les antidépresseurs ne retardent que l'effet, rien de plus. Les belles paroles s'envoleront comme les animaux dans les forêts en flammes. Le cerveau, lui, ne supportera pas ce gainage de l'esprit, filets trop minces pour résister à l'invasion des pensées balayées par un ouragan. Le sport ne sauve pas toujours l'homme. Gorges tranchées, ce bras qu'on tenait serré au poignet pourtant avant l'explosion qui éparpille le reste du corps, tous vos camarades en embuscade fusillés et décapités, il faut être solide mentalement pour supporter cela. J'ai survécu. Guillaume aussi. Certes nous avons vacillé plus d'une fois, ne sachant plus sur quel pied nous tenir, soufflés par le vent de la colère ou du désir. Une cicatrice, ce n'est pas cher payé pour nos errances et ces quelques filles faciles que nous avons échangées, partagées, frénétiquement, comme une arme braquée sur nous qui nous aurait obligés à le faire. Nous étions à la merci du diable, il avait fait de nous de vulgaires pantins, exécutant nos plus basses pulsions, le pied frappant ces ventres mous, ou ces dos si maigres qu'ils semblaient quasi transparents, tandis que nous expulsions la haine que nous nous portions. Guillaume s'est mal comporté avec sa femme Giulia. Je l'ai souvent prévenu, nous n'étions plus en Afghanistan, et les filles que nous fréquentions, mieux valait les oublier. Les vivantes, comme les autres. Maintenant, il ne cesse de mentir à sa fille. Un jour, elle finira par découvrir la vérité, et il sera impossible à Guillaume de revenir en arrière. L'éruption de ce volcan nous a tous remué les sangs. Gaetano est mort. L'Uruguayenne Ethel aussi. Nos clients sont bouleversés. Surtout Sebastián qui refuse de quitter sa chambre. L'hôpital nous a envoyé un psychologue et nous avons dû trouver un interprète pour nous assurer que le dialogue suffirait dans l'immédiat avant qu'il ne rentre en Uruguay avec le corps de sa sœur. Depuis que Guillaume a bu un verre ou deux avec cette Américaine, il revit, plaisante sur tout et se refuse à l'évidence. Sa fille va l'insulter avant de s'enfuir, et Abigale s'en retournera à Paris sans un mot pour lui. Elle aura flirté avec le patron d'un hôtel et s'en vantera auprès de ses copines. Et je n'aurai plus qu'à ramasser sa vieille carcasse qui, avec le temps, a pris l'empreinte de mes mains.

Elena

L'explosion du volcan m'a bouleversée. J'ai dû m'aliter quelques jours avec ces jambes aussi inertes que le bois dans une remise. Je n'ai cessé de penser à Enzo et je m'en suis voulu d'être aussi sentimentale. À mon âge, c'est franchement inutile. J'ai laissé Irina remonter le drap. J'en aurais presque souhaité que ce soit un linceul et qu'on en finisse. Mon ventre me faisait tant souffrir qu'Anton est passé me voir. J'ai bien plus confiance en lui qu'en ces médecins pour touristes en mal d'altitude. Mon anglais n'est pas mauvais, même si je n'ai plus vraiment l'occasion de le pratiquer, en dehors de ces formules de politesse qu'on distribue dans les grands hôtels internationaux. J'apprécie le regard bleu pâle de ce Turc qui entre en vous, comme cette mer émeraude quand elle vous surprend au détour d'une fenêtre brillante de mille feux. Je n'ai plus l'âge de m'intéresser aux hommes, de toute façon. Je n'en ai aimé qu'un seul, Enzo. Les autres me paraissent encore si ternes à côté de mon commissaire. Mais je sais reconnaître la vigueur, la beauté, l'humanité en chacun. Anton et Thomas en sont pourvus tous deux. Anton m'a rassurée sur mon état et m'a prescrit des antispasmodiques. Juste un trouble digestif, accentué probablement par ma réaction à l'égard de ce cratère en éruption. Je n'ai rien dit. J'ai seulement acquiescé de la tête. Après tout, je ne connaissais pas si bien Ethel, et encore moins Gaetano. Deux figurants dans cet hôtel, de pâles silhouettes auxquelles je n'ai guère prêté attention. Irina m'a dit qu'on avait évacué plus d'une centaine de touristes et d'habitants de Stromboli. L'accès au volcan est interdit tout l'été. Les hôtels se vident. Ceux des autres îles Éoliennes se remplissent. Sur les dix-sept îles, seules sept sont habitées. Panarea. Lipari. Salina. Vulcano. Alicudi. Filicudi. Je les apprécie toutes. Je les ai parcourues avec Enzo. Nous avons visité les carrières de pierre-ponce à Lipari. Je crois même me souvenir que le régime fasciste italien y a enfermé ses adversaires politiques comme Curzio Malaparte dans les années trente. Goûté les câpres de Lipari au goût aigrelet, grimpé le *Monte Fossa delle Felci*, ainsi que le *Monte del Porri*, ces deux volcans éteints qui ont donné le premier nom grec du lieu, *Didyme*, qui signifie jumeaux. Nous nous sommes baignés dans les sources thermales soufrées de Vulcano. À Panarea, nous avions loué une villa luxueuse où nous pouvions voir la mer de toutes ses fenêtres, si proche, qu'on l'entendait rugir. Visité les grottes marines, à bord d'une barque peinte en jaune et rouge à Filicudi. Franchi les vieux escaliers centenaires d'Alicudi à dos de mules, seul transport de cette île privée de voitures et de réseaux routiers.

Je sais bien au fond de moi pourquoi la déflagration du cratère m'a autant remuée. Elle m'a rappelé, d'une certaine manière, le décès accidentel d'Enzo. Au mauvais moment, au mauvais endroit. Du moins, je l'ai cru longtemps, jusqu'à ce qu'Irina m'ouvre les yeux. Au sommet du volcan, sur ce versant fatal engorgé de poussière de la montagne, Ethel et Gaetano ont trouvé la mort. Au détour d'une rue, Enzo s'est fait renverser par un chauffard qui a pris la fuite. Je me refuse à croire en la fatalité, mais il faut bien se rendre à l'évidence. Ce sont des choses qui arrivent, même si j'ai tout fait pour retrouver ce conducteur, malgré le fait qu'il n'y a eu aucun témoin, cette nuit-là, où Enzo est parti loin de moi. Je sais maintenant qu'il a été assassiné à cause de l'affaire Massari, son dernier dossier, celui qui a fait grand bruit à Palerme en secouant politiques et magistrats, menaçant jusqu'au pouvoir en place. Son décès est intervenu plusieurs mois après, je n'ai pas fait de rapprochement. J'ai accepté l'accident, jusqu'à ce qu'Irina, récemment, se mordant la lèvre supérieure, m'apporte des preuves concrètes. Je dois prendre une décision, même si je sais déjà ce qu'il me reste à faire. J'ai souri aux troubles digestifs annoncés par Anton. Tuer un assassin n'est pas une chose aisée. Tuer, même. Encore moins à mon âge, je suppose. Je sais que je peux compter sur Irina. Mais si je commets la moindre erreur et que la police sicilienne remonte jusqu'à moi, je nierai toute implication de mon infirmière.

Tom

Un bandage a suffi à ma brûlure, avec interdiction de me baigner et de m'exposer au soleil. La loose. Papa ou maman me range à l'ombre, au bord de la piscine, une serviette remontée jusqu'au nombril. Je regarde Louise et Corentin se noyer l'un l'autre dans le petit bassin, sachant qu'ils n'ont pas le droit d'aller là où ils n'ont pas pied. On est tous punis. Gris dit que je suis un petit homme hyper courageux et qu'il n'a jamais été aussi fier de moi. Je me méfie. D'habitude il ne peut s'empêcher de me sortir une vacherie ensuite, le genre qui me retourne. Il s'est assis sur le rebord de mon transat. Louise en profite pour surgir de l'eau et venir l'embrasser. Corentin se contente d'un salut de la main, avant de se laisser tomber en arrière dans l'eau verte et peu profonde. Maman discute plus loin avec Giulia, de toute façon aucune chance qu'elle puisse repérer Gris. Quant à papa, il est allé faire une partie de tennis avec Guillaume, dans un hôtel près de l'amphithéâtre en pierre de lave, ou le propriétaire du Strongyle a ses entrées. Gris n'a pas d'âge. On pourrait lui donner le mien, lorsque la lanterne du soleil caresse son visage et qu'il rit aux éclats. Ou celui d'un adolescent tourmenté, en colère contre le monde entier, parce qu'il sait qu'il n'obtiendra aucune des réponses souhaitées. Ou d'un adulte en furie, qui ne cesse de grandir en recouvrant peu à peu tous les murs de cet hôtel, grimpant jusqu'aux branches de bougainvilliers dont il éteint les fleurs, l'une après l'autre, comme s'il s'agissait de lampes. Le rose s'étiole, tremble en l'absence de lumière, cherche à se rafraîchir, puis se meurt sans les rayons du jour. Et quand il est triste, Gris a l'âge d'Elena, la lucarne perdue dans l'horizon, son petit corps tout rabougri, semblable à la lettre e, ses mains sont sèches, on y voit des veines comme des rivières sinueuses, le blanc de ses yeux est strié de traits rouges. Je sais qu'il serait capable de déclencher la colère des cieux. Peut-être même celle du volcan, mais ça, je préfère ne pas lui demander. Tout au long de cette descente, il n'a cessé de me rassurer. Sans sa présence, plutôt sa voix (on n'y voyait rien dans cette purée jaunâtre), je ne sais pas si je n'aurais pas lâché le cou de maman. J'étais si secoué que j'ai cru un moment que tous mes os allaient se briser. Si maman faisait des bonds de kangourou, je ne me trouvais pas dans sa poche, mais suspendu à son dos, serrant son cou si fort que j'aurais pu l'étrangler sans le faire exprès. Mes mains jointes, mes doigts entrecroisés en une prière silencieuse, je me laissais désarticuler au fil des sauts, le sable nous recouvrant comme une cape invisible. Je sentais les lèvres de Gris posées sur mes oreilles comme un papillon égaré dans cette tourmente. J'aurais voulu écarter ce rideau opaque, comme celui d'une scène, et voir la part heureuse de ce versant si pentu qui descend vers les bambous. Dès que la voix de Gris s'est tue, j'ai su que j'étais sauvé. Elle a aussitôt été remplacée par les cris de Thomas et d'Abigale.

J'ai bu la bouteille d'eau au goulot. Gris a disparu de ma tête, mais son empreinte y est encore. J'aperçois maman se diriger vers nous, avec son visage des mauvais jours. Elle me fixe étrangement, un mélange de colère et d'effroi et je comprends aussitôt. Jamais je n'aurais dû me confier à Giulia. Fatale erreur. Les adolescents ne comprennent plus rien à l'enfance. Ils ont oublié la leur depuis toutes leurs rébellions. Je sens que je vais devoir m'expliquer et je n'aime pas ça. Corentin et Louise ne m'aideront guère. Ils savent qu'ils ne doivent jamais parler de Gris à qui que ce soit. Ce diable leur a fait suffisamment peur pour que leurs bouches soient cousues. Quoi que je dise, de toute façon, maman y sera hostile. Elle n'est pas encore prête. Elle en perdrait la raison.

Giulia

Je ne sais pas quoi trop penser des escapades de mon père avec Abigale. J'ai constaté, tout comme Matheo, qu'il a cessé de boire. Les traits de son visage se détendent comme s'il venait d'ôter le masque d'autrefois. Il sourit davantage, rit en présence de l'Américaine, un son dont je peine à me souvenir, cristallin et léger, qui invite à la danse sous un ciel clair et sans nuages. Mais à Stromboli, la coupole est capricieuse. Les nuages cachent les étoiles, seule la lune nous guide. Je n'ai jamais su pourquoi les éclairages dans le centre étaient aussi parsemés. Il n'est pas rare de voir les touristes se servir de leur portable. L'obscurité vous guette à chaque intersection. Jusque-là Eytan ne se plaint pas des absences d'Abigale. Après tout, elle n'est pas sa femme. Ce n'est pas comme si mon père et Abigale s'étaient enfuis ensemble. Leurs balades, hors de l'hôtel, sont aussi constellées qu'irrégulières. Ils s'arrêtent à des terrasses de café, font un tour de barque, sont même allés jusqu'à Ginostra. C'est Matheo qui me l'a dit. Il ne peut pas s'empêcher de surveiller Guillaume, c'est plus fort que lui. Il dit souvent qu'il le protège de lui-même, mais ces deux-là ont vécu trop de choses pour se quitter comme ça. Des expériences dont je ne sais rien, bien sûr. Même si ce n'est pas sur un manège qu'on se fait de pareilles cicatrices. Je ne suis pas vraiment familière des trous de serrure, ni de toutes ces portes qu'ils m'ont verrouillées depuis que je suis arrivée sur cette île. J'avais deux ans. Je leur en veux de ne pas m'avoir fait entrer dans leur danse. J'ai l'âge de comprendre. Même si leur passé n'a rien de reluisant, ce dont je suis certaine. Matheo le porte sur sa joue, cette balafre qui n'augure rien de bon. On ne boit pas autant si les ans se sont écoulés paisiblement, sans heurts, en dehors de légères blessures que le destin peut vous infliger. Certes, Giulia est morte. Sa femme. Mais pour quelles raisons faire disparaître toutes traces d'elle, c'est si cruel. Pourquoi la tuer encore, et refuser de m'en parler ? Je ne peux pas imaginer qu'elle soit différente dans mes pensées. Belle, forte, plus vivante que leurs vies à eux deux, où seul un couteau peut descendre ainsi de l'oreille à la bouche. Je suppose que toutes les mères sont belles, qu'on se refuse à remarquer le défaut d'un nez busqué, d'un regard trop rapproché, d'un sourcil mal épilé, ou d'une bouche tombante. Giulia reste une mère mystérieuse dont on m'a retiré tous les atouts. Plus d'une fois j'ai supplié mon père et Matheo. Ces deux-là sont trop liés pour ne pas tout savoir l'un de l'autre. Mon père n'a jamais cédé. Ses mots toujours cinglants pour que je n'y revienne pas. C'est mal me connaître. Matheo embarrassé, plus père que le mien, tout en rondeurs, m'éloignant avec douceur, de ses mains de boucher, sans me toucher. Ces paluches énormes qui m'ont fait penser qu'il s'en servait autrement que pour étreindre. J'ai même interrogé Pippa qui sait laisser traîner ses oreilles, quand elle entre, silencieuse, dans une pièce. Le regard terne de ceux qui ont tout perdu et qui vivent malgré tout m'a fait comprendre que ce n'était pas à elle de le faire. Elle sait, j'en suis certaine, mais elle ne dira rien. Elle qui me serre si fort contre elle que j'entends battre son cœur. Sa main recouvre ma tête comme si elle cherchait à la protéger du pire. Je sais aussi que cet été sera différent. Pas seulement à cause du volcan et de sa colère. Mais parce que tout me semble inéluctable derrière un tel désastre. Après tout, je suis heureuse de voir mon père avec Abigale. C'est une femme si belle. Je souhaite lui ressembler plus tard. J'espère seulement que, en quittant l'île un jour ou l'autre, elle ne va pas briser son cœur.

TROISIÈME PARTIE

Téphras

Sebastián

Téphras. Cendres, en grec. C'est ainsi qu'on appelle les particules produites par l'éclatement de la lave, pendant l'éruption d'un volcan. Je l'ai appris ici, à mes dépens. Ce premier voyage avec Ethel s'est achevé ainsi, sur ce versant où je n'ai pas pu la secourir. Je ne m'en sens pas responsable, même si sa disparition me dévaste. Personne ne l'aurait sauvée de toute façon. Aucun secouriste. Elle s'est éteinte bien avant qu'ils n'arrivent. Que peut-on contre la fureur de Stromboli… ? Rien. Une terre de sable embrumée où nous étions tous devenus aveugles. Le plus difficile, peut-être, est de survivre à ça. Les morts, eux, n'ont plus de souvenirs.

Une part de moi habite à Colonia del Sacramento, la ville de mon enfance. Cette portion qui a refusé l'enlèvement, puis l'enfermement. Quand on est séquestré aussi longtemps, malmené par un personnel sans âme, que se referme sur vous le plus étroit des cachots où la nourriture se limite à du pain rassis, que l'injection des produits vous rend si dépendant et en même temps vous ôte tout désir de fuir et même de vivre, le reste n'a plus aucune importance. Je n'ai compté ni les jours, ni les mois, ni les années. J'avais l'impression d'avoir toujours connu cet état léthargique, même si dans les coins les plus reclus de mon cerveau subsistait le souvenir d'une autre vie. Résister autant m'a empêché d'en finir, même si j'ai tenté plusieurs fois de mettre un terme à tout cela. On m'isolait tant que je peinais à me lier à qui que ce soit. Je me souviens pourtant de cette fille, Candela, apparue quelque temps après moi, et repartie six mois plus tard, ce qui me paraissait, déjà, être une longue thérapie. Je me rappelle ses longs cheveux bruns qu'elle remontait en une sorte de chignon désordonné dans lequel elle plantait des fourchettes en plastique. Les crayons, comme tout ce qui finissait pointu, nous étant interdits. Elle venait de Maldonado, une ville du Sud-Est, sur les bords de l'Atlantique où elle avait tenté de se noyer à plusieurs reprises. N'étant pas majeure, sa famille l'avait fait interner. Avant de partir, elle m'a dit que rien ne l'obligeait à ne pas recommencer, que ce séjour lui avait seulement appris à se taire et à faire croire au personnel médical qu'elle allait bien, qu'elle prenait conscience de ses actes irréfléchis. Je n'ai jamais su si elle disait ça par bravade, et si elle repose en paix, ayant réussi sa noyade. C'était une fille douce. Impossible de deviner sa tempête intérieure. J'ai commencé à subir des électrochocs un an après son départ. Je ne sais par quel miracle j'ai survécu à ces séances où l'odeur de ma peau cramée aux électrodes me faisait penser à ces condamnés qu'on achevait ainsi, avant l'abolition de la peine de mort en 2008. J'en ai perdu l'usage de la parole et de la pensée. Je suis devenu un adolescent sans mémoire, cette part laissée à Colonia a cessé de battre en moi, comme un cœur épuisé par ses propres battements. Le plus douloureux, c'était de la voir, *Elle*, graisser les pattes du personnel et des médecins. *Elle*, venant s'assurer des traitements qu'on m'infligeait sans jamais me parler, ni me regarder. Je ne valais guère mieux qu'un insecte moribond sous le talon aiguille de ses chaussures rouges. J'avais fini par lui rendre la pareille. Je ne lui adressais plus la parole. Je ne fixais que le rouge de ses chaussures. Je me suis tellement endurci à la suite de ses rares visites que la moindre gifle me faisait l'effet d'une caresse. Je m'habituais tant à la malveillance que j'ai réussi à la dompter, comme les tigres des cirques qui n'ont plus de sauvage que leurs crocs. Leurs griffes, elles, étant limées. Une fois par mois, quand j'en étais capable, j'appréciais ces balades encadrées à Montevideo. Nous étions cinq patients et six gorilles. La lumière naturelle m'aveuglait, la foule m'effrayait, on allait d'un musée à la *Ciudad Vieja*, aussi grouillante qu'une fourmilière écrasée d'un coup de botte. Un matin, un infirmier m'a mené à la sortie avant de m'offrir un short, un T-shirt élimé à l'effigie du *Club Atlético Peñarol*, et vingt mille pesos, soit l'équivalent de quatre cents euros. Je n'ai jamais su d'où venait cet argent et je ne l'ai pas demandé. Certainement pas des poches de cet auxiliaire trop pressé de se débarrasser d'un dingue aussi longtemps enfermé. Ces pesos m'ont permis de rejoindre tante Julieta plus tard. Dehors, j'ai marché des heures entières, en équilibre sur le bord des trottoirs, faisant défiler la ville de Montevideo sous mes semelles, laissant loin derrière moi le *Palacio Salvo* et son Art déco dont je me fichais bien, ainsi que la *Ciudad Vieja* plus débordante encore que la crue d'un fleuve, avant de me diriger à l'est de la ville, à *Playa Verde*, dont un malade m'avait parlé une fois, un jeune Africain aux mèches caramélisées, qui traînait sur la *rambla* pour voler les touristes. J'ai fini par appeler Julieta d'un café qui donnait sur cette belle plage de sable blanc. Son nom figurait dans l'annuaire. Qui aurais-je pu joindre d'autre ? J'étais seul au monde.

Il ne me reste plus, ici, à Stromboli, qu'à me résoudre à joindre Ézéchiel, le mari d'Ethel, et ma femme Julia pour leur annoncer le drame. Je n'ai aucune raison de prolonger mon séjour. Ethel est prête pour son dernier voyage, je la ramène chez nous à Treinta y Tres.

Guillaume

Je n'avais pas ressenti un tel bien-être depuis notre arrivée ici, à Stromboli, avec Matheo et Giulia. Matheo a suivi les travaux de Paris, et effectué plusieurs séjours sur cette île. C'est à ce moment-là qu'il a commencé à avoir des problèmes de santé. J'ai trouvé ça si injuste. Les parents de Giulia, de vieux Siciliens un peu abrupts, disposaient d'un goût plutôt spartiate du confort. Et même si cela convenait à leurs clients, des Italiens pour la plupart, il fallait tout modifier, créer une piscine, ce qu'ils s'étaient toujours refusé de faire (la mer étant si proche), un patio fleuri, un bar, un restaurant, des terrasses spacieuses pour les chambres. Nous pensions attirer avec ces travaux une clientèle plus européenne, voire américaine. La facture de ces changements, sans compter les retards de livraison et de chantier, s'est avérée si élevée qu'elle ne correspondait en rien à nos estimations. Nous n'étions ni des commerciaux, ni de vrais patrons. Juste d'anciens militaires qui ne comptaient déjà pas leurs morts. Bien avant la DRM, Matheo s'était offert au meilleur prix, des assassinats en règle payés une fortune. Le privé n'a pas son égal. Je sais qu'il a continué après la DRM, même si cela ne lui a plus apporté le même frisson. Jusqu'à Stromboli, je pense qu'il ne se sentait pas capable de vivre autre chose. Nous avons soldé la facture en cash, dans deux mallettes séparées. Cet argent sale que nous avions entaché du sang d'innocents qui ne représentaient rien pour nous. J'ai conscience que, d'une certaine manière, nous marchons ici sur leurs souvenirs, que les cendres ne viennent pas forcément du volcan, mais je voulais nous offrir un avenir radieux à Matheo et à moi, et bien sûr à la petite. Je savais que l'alcool était le prix à payer pour atténuer la douleur, j'ignorais qu'une femme m'en ôterait le goût des années après. Je ne suis pas à une contradiction près. Considérant le mal que j'ai fait, toute cette violence en moi ne pouvait s'exprimer différemment. Abigale n'est pas mariée. Mais elle tient à Eytan. J'apparais seulement dans son existence. Elle ne va pas tout abandonner derrière elle, cette vie dont je ne sais rien ou presque. Elle pourrait être une hôtesse parfaite au Strongyle. Nous aider à séduire la clientèle de ce pays où elle ne veut plus retourner. Devenir ma femme, avec un peu de temps. Giulia l'adore, c'est un point fort. Je me rends compte à quel point je suis démuni quand je ne suis pas au combat. Frapper m'a donné une force qui s'use avec le quotidien. Je suis loin pourtant de ces instants d'autrefois avec Matheo où nous partions en mission, nos bardas harnachés sur nos épaules, marchant des heures dans la boue, sous la pluie, dormant à même le sol, nous nourrissant de conserves. Nous étions deux taiseux, se surveillant l'un l'autre d'un œil sombre, oubliant de sourire. Rien ne s'y prêtait de toute façon, nous savions bien que ce silence serait interrompu, par un bombardement, des cris, par le tir de nos fusils d'assauts, alors nous en profitions, comme d'une accalmie avant la tempête. Si mes occupations au Strongyle semblent dérisoires, comparées à ces charniers que nous avons laissés derrière nous, il n'en est rien pour moi. Je me suis rangé après le départ de ma femme Giulia. Je ne suis plus le même homme. J'ai parfois du mal à tenir debout, et ce n'est pas forcément lié à mes problèmes d'alcool. Quand on a été un salaud presque toute sa vie, c'est difficile de devenir quelqu'un de bien. Je n'ai pas été un bon mari, ni un bon père. Je ne cesse de me le répéter depuis que je suis sur cette île Éolienne. Cela ne sert à rien de se flageller autant. Je suis tombé amoureux d'Abigale en peu de temps. Ma nature sentimentale se révèle. Et il n'est pas trop tard pour commencer à être un bon père. Je dois la vérité à Giulia. Je lui ai trop menti à propos de sa mère.

Abigale

Eytan devient irascible. Mes escapades avec Guillaume ne sont pas de son goût. Il ne me reconnaît plus. J'aimerais lui dire combien le volcan m'a secouée : plus rien n'est à l'endroit. Moi aussi, je ne me discerne plus. Il menace de retrouver sa femme si je ne me ressaisis pas. J'adorerais lui rappeler qu'elle n'est jamais loin au téléphone, qu'il m'inflige sa présence tous les soirs sur notre terrasse. Le concept n'en est plus un depuis longtemps. J'en ai assez de l'entendre lui décrire la beauté de Palerme, ou le charme de la vieille ville de Syracuse où il n'est pas davantage allé. Eytan passe ses après-midi à la piscine, à retenir les anecdotes les plus savoureuses sur Internet, sans même me parler. Si je ne profitais pas de ces balades avec Guillaume, je crois que je l'enverrais au diable, lui et ses mensonges. Le souci avec les artifices, c'est qu'ils finissent par perdre toute leur magie. Je ne l'aime plus assez pour accepter la tromperie. J'aurais apprécié qu'il parle de moi autrement qu'à sa sœur Alina. Pour sa femme, je n'ai jamais existé, il me l'a dit un matin où j'insistais trop. Je l'avais bien cherché. Prononce-t-il même mon prénom à ses amis qu'il ne me présente jamais ? J'en doute. Je suis la fille de l'ombre qu'on sort dans les grandes occasions. Des week-ends à Capri ou à Londres, des avions, des hôtels de luxe. Des taxis, des restaurants. Du shopping, de la marche à pied. Les six oreillers sur le lit que j'ai envie d'éventrer au-dessus de nos corps alanguis. Au moins avec Guillaume, je n'ai aucune rivale, même pas Giulia. Je ne sais pas ce qui m'attire en lui. Sa gaucherie, peut-être. Sa masculinité, sans doute. Elle me fait penser à celle de mes garçons aux crânes rasés qui, en matant un Picasso, me disaient que ce gars-là devait être bien fêlé. Je suis une fille qu'on bouscule. Les bonnes manières m'exaspèrent. La politesse à l'excès sent le rance. Je veux qu'on me dise que je suis belle, que je compte vraiment, que je n'ai rien d'une passade. Avec Eytan, c'est toujours ce que j'ai ressenti, sans réellement me l'avouer. Jusqu'à l'explosion du cratère, j'aurais préféré mourir avant qu'il me quitte. Ce qu'ont fait les hommes avec moi. Ils me quittent et s'excusent. Personne ne devrait s'excuser dans la vie, mais rester à mes côtés. J'en regretterais presque le jour où l'on s'est connu. Guillaume est un rustre, mais pas un asservi. Il m'a dit ce soir qu'il arrêtait de boire à cause de moi. Aucun homme ne m'avait dit un truc pareil avant lui. Eytan m'attendait sur la terrasse et je l'ai laissé répandre son fiel. Je suis allée prendre une douche. Lorsque je suis sortie de la salle de bains, il parlait à sa femme du *parc archéologique de Neapolis* à Syracuse où une grotte calcaire possédait la forme d'une oreille humaine. Je ne sais pourquoi j'ai ri autant. J'en reniflais, j'en bavais, j'éructais, mon rire a grossi sans que je puisse le maîtriser. Eytan m'a regardée, les yeux ronds, sans comprendre, en me faisant des grands signes pour que je me taise, sa ride des mauvais jours barrant son front. Quand il a raccroché, il m'a seulement dit « Bravo » d'un ton excédé et il a appelé la réception pour pouvoir avancer son retour. Je n'ai même pas souhaité en discuter. Je me suis couchée en pensant à l'oreille humaine et j'ai ricané avant de m'endormir. Au réveil, Eytan avait disparu, comme toutes ses affaires. J'ai joint la réception pour prolonger mon séjour de deux semaines. Rien ne m'attendait vraiment à Paris, à part mon poste de responsable rue du Four. J'ai adressé aussitôt un mail aux ressources humaines pour démissionner. Je ne sais même pas pourquoi j'ai fait ça. Une envie inconsciente de tout envoyer balader sans rien devoir à Alina. Et donc à Eytan. J'ai soupiré d'aise, souri à la vie et à ses promesses. Et je suis allée prendre mon petit déjeuner avec une énergie nouvelle qui n'était pas pour me déplaire.

Elena

J'ai suivi les conseils de la famille Modenese, à la suite du décès accidentel de ce vieux Giuseppe sur une route de Calabre. Stromboli ne leur convenait plus, trop âpre, trop sec, avec ce volcan qui ne cesse de se réveiller dans la furie d'un monde qui se délétère. Guiseppe n'étant plus, ils préféraient de retirer dans le golfe de Naples, à Ischia, où ses eaux thermales, riches en minéraux, ne pouvaient que leur être favorables. J'aurais pu croire au hasard, mais à mon âge, on sait bien qu'il n'existe pas. Il n'est qu'une succession de décisions qui vous replacent au bon endroit. J'ai cru à cette histoire de chauffard ivre qui avait pris la fuite après avoir tué mon Enzo parti se promener dans le silence de la nuit. C'est ainsi qu'il aimait réfléchir. Sa mort m'a anéantie, je n'imaginais pas lui survivre. Près de trente ans à ses côtés, puis le néant, les souvenirs pareils à des béquilles pour supporter le poids des ans. Je ne peux pas dire que mes sœurs pondeuses m'ont été d'un grand réconfort. Elles ne sont venues ni à l'enterrement de notre mère, ni à celui d'Enzo. La marmaille est un travail à plein temps. Dieu m'en a préservée. Toute à

Enzo, je ne l'aurais pas partagé avec une ribambelle de petits diables dans nos pattes, braillant, bavant, criant, alors que tout autour de nous n'était qu'apaisement. Il me suffit de rendre visite à mes sœurs pour remercier Dieu d'être stérile. Impossible de converser avec l'une d'entre elles, il y a toujours un môme, morve au nez, qui réclame son jeu, si bien rangé par sa mère qu'il est introuvable. Je les quitte sans regrets, retrouvant le calme de la rue, les couleurs de linge festoyant aux fenêtres, et ma chaise, tirée par Irina, qui me permet de lever les yeux sans danger, tout au long des trottoirs qui me ramènent chez nous. Lorsque je me suis brisé les jambes dans cet escalier abrupt qui menait à la cave d'une de mes nièces, partie à la recherche d'une bonne bouteille de vin (ces jeunes ne boivent que du soda), j'ai aussitôt pensé à Irina qui cherchait un emploi. Nous nous entendons à merveille. Je m'en suis fait une amie au fil des saisons, une confidente. Je dois avouer que la réciproque est loin d'être identique. Irina est toute en retenue, sa vie ne tiendrait que dans un mouchoir. Elle n'a pas connu d'homme et s'en félicite comme moi de ne pas avoir eu d'enfants. J'ai cru que Matheo lui plaisait, ils ont dîné ensemble, à ma demande, tandis que je respirais l'air du sommet. Ce n'était pas seulement à Enzo que je pensais, mais à elle, Sicilienne et taiseuse, sèche comme un fagot de bois qui ignore tout des flammes. Elle s'habille en veuve depuis la mort de son frère Giuseppe, ce noir qui s'oppose à toutes les couleurs, ne reflétant qu'une part négligeable du spectre de la lumière. Irina orne son cou, parfois, d'un foulard bigarré qui fait ressortir l'opaline de ses yeux sombres. La seule fantaisie qu'elle s'accorde. Aussi, dès qu'elle a refermé la porte de ma chambre pour m'annoncer, en se mordant la lèvre supérieure, que Matheo avait tué Enzo, je l'ai d'abord maudite pour les palpitations de mon vieux cœur malade. Je prends d'ailleurs de la digoxine, un médicament cardiotonique, dérivé des feuilles jaunes de la digitale. Irina, comme toutes les discrètes, a un don pour faire parler autrui. Elle semble ne pas juger, n'interrompt jamais la conversation, ne sourit pas, se contente d'un hochement de tête, pose les bonnes questions, ni intrusives, ni même essentielles parfois auprès de son interlocuteur. Du moins, c'est ce qu'elle laisse penser. J'en suis la preuve vivante. Irina sait tout de moi. J'ignore presque tout d'elle. Quand elle m'a dit avoir bien réfléchi et qu'il ne faisait aucun doute que ce contrat sur Enzo avait bien été exécuté par Matheo, j'ai songé un instant à l'en dissuader. J'ai même demandé son avis à un merle qui venait de se poser sur le rebord de la fenêtre. Mon Enzo, tout en plumes noires. Le merle a frappé le carreau de la fenêtre comme s'il avait souhaité rentrer. J'ai dit à Irina que j'acquiesçais, mais que je voulais intervenir, moi aussi, faire partie du plan. Nous avons discuté une bonne partie de la soirée. Je me suis bien gardée d'écrire quoi que ce soit dans mes carnets de moleskine. Il y a des moments importants dont il vaut mieux ne pas se souvenir. J'étais exsangue de fatigue. Après une nuit réparatrice, je me suis réveillée de bonne humeur. J'allais, grâce à Irina, venger mon Enzo.

Irina

En vieillissant, j'ai tout d'une figue sèche, privée de sa saveur. Je vois bien qu'aucun homme ne se retourne sur mon passage, ni ne s'intéresse vraiment à moi. Je n'ai pas cherché non plus à m'embellir. Mon père et mon frère ne sont plus, par respect pour leur mémoire je porte le deuil, de ma vie aussi, qui n'a pas su franchir les barrières, ni s'affranchir de la loi des hommes. Le noir me convient, il affine ma silhouette qui s'élargit en ombre dans le soleil, tandis que je marche. Mes hanches sont lourdes. Mon ventre aussi pâle qu'un mort et replet. Je ne m'intéresse pas à ce que les femmes paraissent glorifier, le régime et le sport, je laisse ça aux autres. J'ai passé mes études d'infirmière, ça ou un diplôme d'anesthésiste, je ne ressentais aucune vocation pour m'occuper d'autrui, ni l'ambition de concourir à d'autres diplômes. J'ai choisi d'exercer à domicile pour découvrir des univers différents du mien, mais tous les appartements finissent par se ressembler, du moins dans la disposition, qu'ils soient chargés ou épurés. Je ne pensais plus à elle, quand la comtesse Elena di Marzo s'est rappelée à mon bon souvenir. Je la croisais souvent avec Giuseppe. Je me souvenais d'une femme au regard aiguisé qui me questionnait parfois sur notre enfance avec mon frère. Je lui avais montré un vieil album dont je prenais grand soin, où nous courions entre les vignes, mon frère et moi, avant de rejoindre la ferme familiale. J'étais émue, personne jusqu'à la comtesse ne s'en était souciée. Aussi, j'ai tout de suite accepté d'être son assistante, après cet accident à Palerme où elle a perdu l'usage de ses jambes en dévalant un escalier. Les vieux que je soignais avant paraissaient acariâtres, insatisfaits de nature. Je ne leur prêtais guère attention, les écoutant peu, leur donnant à manger parfois à la cuillère, veillant à ce qu'ils prennent leurs traitements et que je puisse changer leurs pansements qui se confondaient à leur chair. Je me contentais d'un mouvement de tête tandis qu'ils déroulaient leurs petites existences comme un ruban sans couleur à laquelle je ne prêtais guère attention. La comtesse m'a paru surgir d'un de ces contes qu'on me lisait petite et dont je me remémorais l'émerveillement. J'ai parcouru son passé qu'elle a eu la générosité de m'ouvrir. C'était une belle femme, volontaire, souriant à l'objectif, ce que je n'ai jamais réussi à faire. Mon sourire doit tout à la grimace d'un simple d'esprit. L'allure de son mari m'a impressionnée. Ensemble, ils formaient un couple dont on se souvient une fois l'album refermé. J'ai aimé qu'elle se confie à moi et me révèle toutes ces années avant que je n'entre dans son histoire. Que lui aurais-je dit en retour, ma vie semblait si terne que je l'imaginais enterrée avec mon père et mon frère. Elle tenait à quelques photos entre les vignes qu'elle connaissait déjà.

Les hommes ne me regardent pas, mais je les étudie de près. Ils ne peuvent s'empêcher de se vanter de leurs exploits comme un chat qui ronronne de contentement. Le hasard, ou plutôt la comtesse Elena, m'a laissée approcher Matheo Calabria, qui nous avait accompagnées aussi loin que les sentiers permettaient à un fauteuil roulant d'accéder au volcan. Madame a préféré rester sur place et nous a envoyés dîner dans un de ces restaurants à la vue panoramique et au menu sporadique. Matheo n'a pas tardé à se confier. Je voyais à son œil frisé qu'il essayait aussi de me charmer. Je ne l'en ai pas dissuadé, hochant la tête à chacune de ses phrases, entre l'étonnement et l'enchantement. Même si l'horreur de ses actes m'a vite coupé l'appétit, je n'en ai rien montré, bien au contraire, j'ai joué l'idiote, ça aussi je sais faire. C'est lui qui m'a parlé de ses missions en Italie, et notamment à Palerme. Les hommes peuvent être incroyablement stupides. S'il s'était renseigné sur la comtesse Elena di Marzo, il aurait pu faire le lien et se garder d'évoquer ces années 2000 à Palerme où il a écrasé sa cible, dont il ne pouvait pas me révéler l'identité (ni d'ailleurs qu'il avait pris la fuite ensuite). J'ai suggéré, en chuchotant : *Un inspecteur ?* Ce qui l'a fait se dresser sur sa chaise tandis que je m'efforçais de garder mon calme. Il m'a répondu d'une voix de baryton, tout en s'affaissant : « Non, un commissaire, mais je ne vous ai rien dit. »

Sevda

Anton s'est absenté pour quelques courses, ce que je n'ai pas cru un seul instant. Je l'ai laissé filer, en passant le reste de l'après-midi avec Abigale, fraîchement célibataire. Eytan est retourné auprès de sa femme, ce qui, de toute façon, devait fatalement arriver. Et contrairement à ce qu'elle pensait, l'Américaine n'en est pas morte. Elle jubile même sur son transat. Ses yeux pétillent comme une source fraîche. Au moins, Anton n'est pas là pour voir ça. Des courses à Stromboli. C'est aussi absurde que les Welsh Guards abandonnant leur reine pour faire un shopping collectif chez Harrods. Au moins dans ce haut lieu du luxe, il y a le choix. Je ne vois pas ce qu'on peut acheter à Stromboli en dehors de la crème de pistache ou une bouteille de marsala. Ou ces T-shirts avec le volcan imprimé dessus, qu'on ne portera jamais une fois rentrés. Je dois cesser d'imaginer Anton avec une femme, féline en chaleur sortant ses griffes quand, face à moi, la mer n'a jamais été aussi calme et belle, d'un bleu quasi indéfinissable, pâlissant par endroits, en strates cérulés, bistre par d'autre. Elle scintille, même, comme de minuscules étoiles qui s'allument et s'éteignent à la surface de l'eau. On dirait des sentinelles tremblantes qui convergent vers l'infini, se déplaçant par saccades, brillant comme un saphir. L'attirance des profondeurs n'en est que plus grande, face à Strombolicchio, cette roche rugueuse et puissante, qui s'élève à près de cinquante mètres au-dessus de l'océan. J'écoute à peine Abigale se confier sur Guillaume. Elle est encore trop jeune pour apprécier la solitude. Elle se tait soudain, derrière le point d'une phrase. Je la regarde.

— Tu as l'air préoccupée, me dit-elle, un peu boudeuse.

Je la rassure. Je n'ai pas envie de lui parler des frasques d'Anton qui me laissent parfois comme un goût rance dans la bouche. Je préfère qu'Abigale babille, que le chant de sa voix m'imprègne et m'empêche de penser à Anton. De toute façon je suis devenue une sentinelle inatteignable, ce phare de Strombolicchio qu'aucune tempête ne fait ciller. Je n'ai qu'à me rappeler cette colère sourde qui m'animait sous les soupiraux du Club, cette haine froide tandis que je pressais mes poings contre l'adversaire, l'immobilisant par la nuque avant de le renverser à terre, mes genoux écrasant ses bras. Ou l'entrechoquement de ces barres de métal, comme un cri sourd, avant d'enfoncer l'embout dans le ventre d'un de ces lutteurs estomaqués. Et même si frapper au visage restait interdit, lorsque les enseignants s'absentaient, nous ne nous en privions pas. Aucune limite ne semblait impossible, à se demander si nos mentors ne s'éloignaient pas pour ne pas être témoins d'un pareil combat. J'avais conscience de frôler la mort à chacun de ces affrontements, mais mon instinct de survie, ma précision, et peut-être ma féminité mise à rude épreuve, m'ont permis de rester vivante, malgré quelques blessures, au début, l'erreur d'une débutante, qui m'ont envoyée à l'hôpital pour des contusions sans réelles gravités.

La douceur d'Abigale m'émeut. Je n'y suis pas habituée. Depuis qu'Anton est entré dans ma vie, les orages n'ont cessé de gronder, me laissant exsangue dans les rares moments de répit, ces longs séjours qu'il fait dans ces pays sensibles. En dehors de Brune, cette amie d'enfance qui menaçait trop notre équilibre, je n'ai jamais élevé la voix avec Anton. Nos différends se sont toujours réglés sur un ton neutre, plutôt froid, ciselé sur les bords, pareil à des lames tranchantes. Je ne lui ai jamais reproché frontalement ses infidélités, il ne s'en serait pas défendu. Ni excusé ni justifié. C'est ce que j'aime aussi en lui, cette force qui emporte tout, tel un barrage qui cède sous la pression de l'eau. Je l'ai su dès notre rencontre. Il avait une telle résistance à la douleur, malgré l'infection de sa plaie après l'opération, que j'ai aussitôt compris que l'homme qui me faisait face était hors du commun. Et malgré ses mains qui me disaient tout de lui, j'en suis tombée amoureuse, une chute qui s'est ralentie avec les années, mais que je n'ai pas regrettée un seul instant.

Thomas

Après les secousses du volcan, la mort de Matheo nous a tous bousculés. Pippa l'a découvert au patio, attablé devant un whisky, renversé sur sa chaise, les yeux grands ouverts qu'elle a refermés aussitôt sur un signe de croix. Le verre a été embarqué dans un sachet en plastique par la police sicilienne qui, par ailleurs, a interrogé Pippa et Guillaume, très affaibli par la disparition de son ami. Le père de Giulia a confirmé des problèmes récents d'hypertension artérielle que Matheo soignait par un traitement médical. Le médecin de l'île a déclaré un infarctus avant de parapher le certificat de décès. La présence de la police, plutôt discrète pourtant, a créé un malaise parmi nous. Comme si survivre à la furie d'une montagne ne suffisait pas. L'insouciance des premiers jours s'est enfuie aussi vite qu'un souffle sur la fleur de pissenlit. Lior est devenu taciturne. La disparition de Matheo, qu'il connaissait à peine, le bouleverse. Je pense qu'il n'a pas été suffisamment confronté à la faucheuse dans sa vie. Du moins pour ce que j'en sais. Je me refuse de voir un lien avec sa mère, même s'il parle de résurrection. Giulia se réfugie au phare depuis la mort de Matheo. J'aimerais la rejoindre, mais je ne peux pas me résoudre à laisser Lior à ses fantômes. Matheo, ce père adoptif, a rejoint l'autre Giulia, il ne lui reste plus que son géniteur accaparé par Abigale. Rien que la fraîcheur de cette Américaine embellit les pièces où elle se trouve. Cette femme irradie de sa belle humeur constante. Elle me fait penser à une actrice, mais je suis incapable de me souvenir de son nom. Je vais assez peu au cinéma. Je ne regarde jamais la télévision. Je serais même incapable de citer un seul présentateur de journal télévisé. Seuls Anton et Sevda semblent indifférents au départ de Matheo. Tout comme la famille Lebrun, à l'exception peut-être de ce gamin malicieux, Tom, venu présenter ses condoléances à Guillaume. Après tout, des gens meurent régulièrement, et personne, évidemment, n'y prête attention, surtout sur ces îles Éoliennes où la douceur de vivre le dispute, normalement, à l'escalade des sommets. L'éruption du volcan a fait deux victimes. Ethel et Gaetano. Nous les estimions tous, ici, au Strongyle. Ils étaient, comme nous, sur le mauvais versant, à la mauvaise heure. En dehors de légers foyers d'incendie éteints par les canadairs, un nuage de cendres froides qui a recouvert Ginostra, et quelques blessés rétablis, le calme est revenu. Sebastián est reparti avec le cercueil d'Ethel. Toutes traces de ce cratère en colère sont derrière nous, comme cette centaine de Strombolani et de touristes anonymes qui ont préféré fuir Stromboli. Certes, la fermeture des ascensions, inscrite au coin des rues, nous rappelle qu'une part de l'île s'est figée dans la dignité et le souci du bien-être de ses touristes. La comtesse a passé de longues heures avec Guillaume, lui offrant le réconfort d'une femme attentionnée. Quant à moi je reste la plupart de mon temps avec Lior. Même si notre rencontre est récente, chaque jour enfui ensemble renforce l'intimité que nous partageons. J'y suis d'autant plus sensible depuis la disparition d'Emilio. Nos échanges sont sans artifices. J'aime cette vérité que nous essayons de restituer sur nos vies, comme si notre présence nous paraissait comptée. En très peu de temps, nous avons su, je crois, tisser un fil invisible mais solide qui nous relie constamment l'un à l'autre. Une relation cérébrale aussi puissante que nos apartés au lit. J'ai su dès le début que Lior ne connaissait rien à l'amour physique. Ses gestes maladroits, cette façon d'imiter ce que je lui offrais, ce corps abandonné, jamais exploré, a été pour moi une révélation. Deviner que j'étais le premier homme, le premier simplement, a renforcé l'apprentissage que je lui ai offert, avec d'infinies douceurs quand il s'est révélé enfin, son organisme exigeant l'appartenance, sans un seul mot murmuré à l'oreille qui aurait probablement tout gâché. Je dirais même que nos chairs se sont découvertes et profondément aimées dans une fissure aussi intemporelle que notre rencontre. Et même s'il m'arrive de penser à Emilio, c'est pour le voir s'éloigner davantage, sa tête hors de l'eau, n'étant plus qu'un point dans le bassin tyrrhénien.

Tom

Je n'aurais jamais dû parler de Gris à Giulia. C'est si difficile de trouver les mots. Même si j'ai déjà dix ans. Je n'en veux pas à Giulia d'être allée voir maman. Elle espérait, je pense, trouver des explications à ce garçon tournant autour de moi plus vite qu'un derviche tourneur. Et j'imagine sans difficulté ce que ma mère a ressenti en entendant ce nom étrange, cette couleur supérieure en intensité au noir, Gris, dont elle ne veut plus rien savoir depuis qu'il est mort. Enfin, pour elle et papa, à qui Gris refuse d'apparaître. Gris est mon frère aîné. Il est parti au ciel avant de naître dans le ventre de maman. Je suis arrivé en second, suivi de près par Louise et enfin Corentin qui a pris son temps. Gris s'est manifesté à nous trois dans l'idée de nous protéger. Certes, il fait des farces macabres, comme se pendre à la fenêtre de la salle à manger alors qu'on dîne en famille, quand il ne s'assied pas sur la chaise vacante, celle qui préside et mime nos gestes pendant le repas. C'est difficile de résister à Gris, mais rire quand on mange, c'est mal vu à la maison. À l'école, il occupe le siège à côté du mien, je suis obligé de chasser tous ceux et celles qui veulent prendre sa place. Je ne sais pas comment il fait, mais il réussit à pincer les fesses de la maîtresse qui se retourne d'un coup pour ne surprendre que le vide autour d'elle. Il conforte Louise dans ses devoirs. Il a même appris à Corentin à marcher, le soutenant à chaque pas, avant de le lâcher, tandis que mon petit frère se dandinait tout seul, bavant et riant à la fois. Où qu'on aille, Gris est là.

J'ai dit à maman que j'avais surtout évoqué le gris des cendres et que Giulia s'était sûrement trompée. Ça lui a suffi, comme toutes les personnes qui se contentent d'un mensonge. Pauvre mamouchette, elle a les larmes aux yeux qui lui viennent facilement, rien que d'entendre ce nom. Elle ne s'en est jamais remise de ce petit bonhomme sorti trop tôt par césarienne, étouffé dans son placenta avant même d'ouvrir les yeux. Elle m'a raconté ça un jour et puis elle est partie en pleurant. Pourtant il respire la joie de vivre, ce grand frère. Il nous a dit ne jamais vouloir partir, maintenant qu'il pouvait nous aider à grandir et qu'on ait moins peur de tout. Ça ne l'empêche pas de surgir du noir et de nous coller de sacrées frousses. Je l'entends encore me murmurer à l'oreille, quand je m'étais perdu sur ce versant de malheur : « Tu ne risques rien, tu n'as aucune raison d'avoir peur. Maman te retrouvera, quitte à remonter toute la pente, elle en est capable. » Il a même su que j'allais me faire une crampe au pied avant qu'elle ne commence. Un frère comme ça, moi je dis qu'il faut le garder. Évidemment, c'est impossible d'en parler à qui que ce soit. À l'école, comme à la maison. Les adultes ne sont pas prêts pour comprendre un truc pareil. Ce n'est pas l'enfant en soi qui compte, on s'en fiche, mais une sorte d'émerveillement à tout qui les a désertés. Les grandes personnes n'ont rien de grand. Elles ne peuvent pas voir Gris qui, de toute façon, ne tient pas à les connaître. Papa et maman, c'est différent. Ils s'en iraient d'un infarctus, comme Matheo. Un mot que je ne connaissais pas et que j'ai appris à Stromboli. Ça veut dire que tu meurs du cœur à cause d'une émotion trop forte qui te broie l'organe, comme un poing qui se referme sur un fruit juteux. Parfois Gris disparaît plusieurs semaines. On n'aime pas trop avec Louise et Corentin. Il nous manque. On n'a pas le don de le faire réapparaître, si on n'est pas en danger. On dépend de lui, de sa bonne volonté à revenir parmi nous. Il ne nous dit jamais où il s'est en allé. On a arrêté de le bombarder de questions depuis qu'il s'est changé en ours. On a crié tellement fort que papa a accouru, la trouille aux yeux, et il a fallu inventer un mensonge vite, alors on a dit qu'on faisait un concours de cris, et papa a trouvé ça stupide en nous disant de ne plus jamais recommencer. On a compris surtout qu'on ne devait plus harceler Gris.

Lior

Plusieurs fois, j'ai aperçu Tom en compagnie de son grand frère. Thomas me soutient qu'il n'en a pas de plus âgé que lui, mais un cadet de cinq ans, Corentin. J'ai dû confondre avec un enfant d'un hôtel voisin. Pourtant ils se ressemblent pareils à deux jumeaux malgré l'âge qui les sépare. Ils se tiennent par la main, ou par les épaules, semblent si proches. Tom est solaire à ses côtés. Et ce grand garçon qui ne le lâche pas me rappelle ce que j'étais à quinze ans, un adolescent poussé trop vite, mince et nerveux. À Naples, puis à Stromboli, je ne me lassais pas d'observer ma mère dont l'extrême beauté m'a initié à la grandeur de ce monde. Ses vêtements choisis avec soin, ses accessoires qui lui donnaient un air un peu rétro, surgi des années cinquante, avec ses jupes crayon près du corps, son chemisier rouge à col Claudine, ses ballerines beiges au bout noir, ses chapeaux ronds over size faisant se retourner les passants dans les rues, ses longs gants crème qu'elle portait au-dessus des coudes, la féminité même. Jamais à mes yeux une seule femme ne l'a égalée, même aujourd'hui. Tandis qu'elle s'allongeait au bord de la piscine, dans ses maillots de bain deux pièces, à pois bleus et blancs, ou verts, ses lunettes noires en écaille, légèrement rabaissées sur le nez, ce regard pâle qu'elle m'adressait tandis que je n'arrivais pas à la quitter des yeux, ce sourire en demi-teinte qu'elle me retournait, réclamant une citronnade, ou que je lui masse le dos, mais un peu plus tard, quand elle se serait baignée, et que le soleil, ensuite, la sèche entièrement. Je la touchais à peine, j'effleurais du bout des doigts sa peau brune qui absorbait aussitôt la crème solaire. Je répétais, sans le savoir, ces gestes au-dessus d'elle qui, plus tard, la sauveraient. Malgré ce que je viens de dire, je ne ressentais aucune ambiguïté à son égard. Elle est avant tout ma mère. Elle me fascine pour tout ce qu'elle réserve à mon père, un amour exclusif sans la moindre dispute, sans un seul orage entre eux, si ce n'est mon père dévasté lorsqu'elle tomba malade. La destruction de l'Éden le temps d'un soupir. Bien sûr, après sa résurrection, les femmes sont venues à moi, tendres, entreprenantes. Je me sentais incapable de les séduire, comme si ce n'était pas de mon âge, que mon corps restait celui d'un garçon qui ne peut embrasser ces futures mères. Tout cela m'a profondément perturbé, jusqu'à ce que les abysses des océans me fassent oublier ne serait-ce que les parfums entêtants que les femmes laissent derrière elles, une fois enfuies depuis longtemps. Quant aux hommes, je les comparais tous à mon père et pas un seul d'entre eux ne l'égalait. Mon père est très masculin, sportif, et brillait dans ces réceptions qu'il organisait à Naples. Un rire sonore, une main dans ses cheveux épars, le sourire d'un félin, l'alliance carrée en argent, à l'annulaire, gravée à la date de leur mariage. La charpente d'un homme qui s'entretient, légèrement empâtée à l'époque de Stromboli comme si, sans sa femme, tout partait à la dérive, ce coup de canif dans un maintien parfait où plus rien ne l'était. Depuis qu'ils vivent en permanence à Naples, dans le quartier de San Ferdinando, les années ne semblent pas les atteindre, éternelle jeunesse de mes parents que j'admire quand ils m'envoient des photographies de leur portable. Jusqu'à ce que je rencontre Thomas et que tout bascule, comme une évidence, mon corps m'apparaissant soudain comme celui d'un adulte. Pas une seule fois je n'ai cherché à le confondre avec mon père. Je ressens en lui, parfois, une grande tristesse. Je sais qu'il pense encore à Emilio, disparu en mer depuis des années. Je ne saurais dire pourquoi, mais pour moi, toute leur histoire repose sur un mensonge. Je ne sais rien d'Emilio, mais je le sens manipulateur. Je perçois même d'étranges vibrations quand Thomas m'en parle. Je me garde bien de les exprimer. Ce n'est pas toujours très fiable.

Giulia

Le volcan m'a épargnée. Je n'y vois aucun signe. J'ai eu de la chance. Je devrais m'en satisfaire, mais tout mon être s'y oppose. Matheo est mort d'un infarctus. Le spectre de l'oubli rôde autour de moi. La présence d'Abigale auprès de papa me rassure. Je ne serai pas la seule à le soutenir. J'ai demandé à Marco de me conduire à Strombolicchio. Seule, cette fois-ci, comme je m'y rendais autrefois pour me rapprocher d'elle. J'ai envie de prendre de la distance, ailleurs que sur ce maudit Stromboli. Pas de foulard, ni d'élastique, je veux sentir le vent au plus près, qu'il efface les souvenirs de ces derniers jours. Ce versant, je le connaissais. Je l'ai descendu des dizaines de fois, à la lueur de cette lampe qui balaye son faisceau de lumière à quelques mètres à peine, petits pas chassés dans ce fourbi de cailloux et de sable. Je n'y ai jamais spécialement prêté attention jusqu'à cette nuit-là où l'explosion du volcan a projeté, sur la descente, cette fumée grise opaque qui nous a tous séparés. Ce chacun pour soi qui a été fatal à deux d'entre nous. Je n'ai pas pleuré Ethel que je connaissais peu, ni Gaetano, même si sa mort a laissé un abîme à mes pieds. Je m'attendais à ce que l'un d'entre nous y reste. Mais entre l'imaginer et le vivre, c'est vraiment différent. J'ai ressenti l'effroi jusqu'à mes lèvres, une sorte de dégoût, comme si je refusais d'avaler cette poignée de terre rance qui s'enfonçait entre mes dents, tandis qu'une main invisible m'y obligeait. J'ai dû trembler sur place comme une tige sous la rafale, de froid, de peur, d'injustice. Une adolescente de quinze ans. À qui aurais-je réellement manqué en dehors de mon père ? Au lycée de Lipari, il se serait écoulé une minute de silence, face à un portrait récent de Thomas, reparti depuis de longues semaines à Berlin avec Lior. Une tombe parmi des milliers, enterrée ici sur l'île dans ce cimetière battu par les herbes folles. Je me serais encore éloignée d'elle, si loin du Père-Lachaise où je ne suis jamais allée. Je ne sais même pas à quoi ressemble l'emplacement de sa tombe, ce que mon père y a fait inscrire. Si quelqu'un vient y déposer des fleurs, alors que nos milliers de kilomètres nous en empêchent. Je devrais cesser de penser à elle, je vais devenir folle de ne rien savoir à son sujet. Je n'ai pas un seul souvenir auquel me raccrocher. Pas la moindre odeur. Aucune image floue qui ne demande qu'à s'éclaircir. Je pourrais grimper ces deux cents marches en fermant les yeux, j'en mesure le moindre recoin. L'escalier est instable, la rouille s'y est inscrite, j'aime ce cliquetis de métal qui me rappelle que je suis vivante, malgré elle, malgré Matheo, malgré tout.

Je suis surprise de découvrir un inconnu assis contre le phare. Après tout, il ne m'appartient pas. Difficile d'être discrète dans ce roulis, la silhouette se retourne. Je l'ai déjà vu traîner par ici, ce n'est pas un touriste.

Il travaille à l'agence *Stromboli Adventures Guide Alpine*, celle qui avait engagé Gaetano. Je ne connais pas son prénom. Je m'avance vers lui. Que pourrais-je faire d'autre ? Me cacher dans cet espace clos, semblable à un jardin minuscule ? Cueillir la bignone, cette fleur à la trompette rouge sang qui exhale comme un parfum de café ? Le garçon à la frange qui palpite sous le vent s'appelle Finn O'Brien. Il vient de loin, de Nouvelle-Zélande. Il n'a pas l'intention d'y retourner depuis qu'il a parcouru l'Italie. Dans quelques mois son poste arrivera à terme, mais ce n'est pas le travail qui manque ici, il trouvera bien un moyen de rester. J'ai appris l'anglais à l'école. Je le parle plutôt bien, même si je ne comprends pas tout ce que me dit Finn. Je lui demande de ralentir, son accent avale la moitié de ses mots. Il sourit, s'excuse. Me répond comme si j'étais une enfant de quatre ans. Je ris à mon tour. Il n'est pas vraiment beau, peut-être ces sourcils trop épais qui se rejoignent et ce nez trop busqué, mais son regard est franc, intense, il discute avec ses mains mieux qu'un Italien. Je suis conquise. J'en oublie le service de midi, papa sera furieux. Les cendres du volcan peuvent s'envoler haut dans le ciel, et se dissoudre en chemin comme par magie, je suis heureuse, dos au phare, à rire des pitreries de Finn. J'aperçois l'extraction du rocher, point culminant de Strombolicchio, après le phare, qui a tout d'une gorgone inachevée, suspendue au-dessus du vide. Et quand il me demande si on peut se revoir, je dis oui sans hésiter. Un oui à la vie, à cette île que j'ai fait mienne. Un oui à mes soucis balayés par des rafales malicieuses. De toute façon, je n'ai jamais aimé dire non.

Abigale

Je n'arrive pas à croire que j'aie laissé Eytan repartir. Je ne regrette pas un seul instant passé avec lui. Si Matheo n'avait pas disparu aussi soudainement, obligeant Guillaume à réclamer davantage ma présence, je serais allée voir Alina à Lipari. Autant tirer un trait sur la famille White. Je ne leur dois plus rien. C'est comme mes voyous, je ne tiens pas spécialement à les retrouver. Au fond, plus rien ne me lie à Paris. La récente proposition de Guillaume me trotte dans la tête. C'est un homme bon, différent de tous ceux que j'ai connus avant lui. Et si je ne les ai jamais comptés, je sais qu'ils ont été nombreux. Ils éprouvaient tous l'art de travestir le mensonge, en bons maris infidèles qu'ils étaient. Cette manière de partir en douce tandis que je dormais, ne laissant l'empreinte de leur présence que sur l'oreiller. De me changer en un objet non identifié du désir, malléable entre leurs mains expertes, leurs lèvres légèrement boudeuses, charnelles, et cette langue fouilleuse dont je ne me suis jamais plainte. Les Latins sont de bons amants mais, un matin, on se réveille avec de nouvelles envies. Je ne suis pas sentimentale. Je n'aurais pas pu être amoureuse de tous les hommes que j'ai désirés. Un sentiment qui dépasserait pour moi tout entendement. Je me fiche bien d'avoir été abandonnée, voire rejetée, par la plupart de ces hommes. Je l'ai cherché aussi. Le seul qui a trouvé grâce à mes yeux a longtemps été Eytan. Nos deux vies réunies ne m'ont jamais laissé beaucoup d'espoir. Eytan a été franc dès notre rencontre. Je lui dois ça. Sa femme Aysuda passerait toujours avant moi. Certes il m'a promis de veiller sur moi et de m'offrir le meilleur. Mais il n'a pas souvent tenu parole. Les hommes mentent comme ils respirent. Aucun art finalement, sinon celui de l'esquive, et du contentement de soi. Des voyages ont été annulés au dernier moment, des mois se sont écoulés sans le moindre message de sa part, et quand il m'arrivait de lui en adresser un, après m'être giflée d'être aussi blonde, il n'y donnait pas suite. J'ai toujours su rebondir, ma nature étant dotée d'une alarme qui carillonne l'excédent que je m'inflige parfois. J'aurais pu sagement attendre Eytan, compter les jours qui nous séparaient, faire de la broderie ou des mots croisés (je plaisante), photographier toutes les horloges de la capitale, traverser Paris au pas de charge, mais j'ai préféré le remplacer par des hommes différents, tout aussi pris, pour me sentir désirée. Je pensais souffrir de son départ. Peut-être que la solitude aurait accentué cette rupture inattendue. Mais j'ai été renvoyée dans les bras de Guillaume. Je n'ai nullement hésité, je me suis glissée entre ses draps, mutine et offerte. Le grain de peau des hommes a une odeur particulière. Elle change de l'un à l'autre. Eytan respirait l'acidité du citron, ce parfum subtil dont il s'aspergeait régulièrement, l'agrume s'évaporant peu à peu sur la peau. Guillaume, lui, sent le musc, extrait des moschidés d'Asie centrale. Une odeur brute, animale, sur un corps malmené par la vie, ses excès d'alcool, son passé à la DRM qui lui a valu quelques entailles sur lesquelles j'ai laissé glisser mes doigts. Il n'y a aucune légèreté chez cet homme-là, aucune insouciance. Mais il ne demande qu'à apprendre, à changer pour sa fille Giulia qu'il a trop délaissée, et j'espère pour moi. Ses yeux le disent. Sa bouche est avare de phrases bien tournées, comme celles d'Eytan, quand les mots ne correspondent en rien aux promesses. Je me vois bien rester ici, à Stromboli. Il faut que j'y réfléchisse un peu. Tout a été si intense ces derniers temps.

Anton

Je suis davantage à l'aise avec les femmes. Je n'ai pas ce sens de l'interdit que j'éprouve à l'égard des hommes. Mon cerveau restreint mon champ d'action tandis que mon corps réclame d'infinis désirs. J'aurais pu me contenter de Sevda. Elle reste mon port d'attache. Je sais bien que sans elle je serais perdu. Mais un regard peut tout remettre en question. Que ce soit celui d'une femme, et parfois, d'un homme. J'ai un appétit de l'autre jamais rassasié. Le monde est ainsi fait. Je suis attiré par un détail, un sourire, le froncement d'un sourcil, un avant-bras vigoureux, la courbe d'un visage, une main carrée, une allure gracieuse, un nez arqué, le dessin d'une personne bien faite, une façon de marcher, de courir, de s'asseoir, d'écarter ses jambes. Je me sens damné par tous ces désirs grandissants que j'ai besoin d'explorer pour pouvoir m'en défaire. Avec les hommes, c'est différent. Je souhaite seulement les contrôler, tout comme je retiens en moi l'attrait que j'éprouve à leur égard. Je préfère être le mentor, le grand frère, le père qu'ils n'ont pas eu. Devenir si indispensable qu'ils dépendent de moi. Je ne leur veux aucun mal. Mais certains sont coriaces. Il m'arrive de céder. Je ne peux pas tout retenir, je n'ai rien d'un surhomme. Je le fais d'ailleurs comme un barrage qui lâche soudain, avant de me retirer. Je ne peux ni m'attacher, ni me montrer autrement que je suis. Une sorte d'animal enragé qui se roule dans ses convoitises, et éprouve ensuite l'envie de fuir. Mon métier heureusement m'apaise. J'ai choisi ces pays en guerre pour me rappeler à quel point je suis mortel et que tout peut s'arrêter en un instant. Je n'ai pas peur curieusement. J'ai été blessé plusieurs fois, la balle d'un tir aveugle m'a permis de connaître Sevda. Je ne crains pas de courir, un blessé à l'épaule, sous le feu qui ravage parfois nos campements. Mon corps et ma tête sont en alerte, je n'ai pas de place pour le désir.

Ici, à Stromboli, j'ai rencontré Marco par hasard, en allant chercher des cigarettes au *Tabacchi*. Il était devant moi, la trentaine, des cuisses larges, un T-shirt jaune sali par l'essence du moteur de sa barque, pieds nus, un short prometteur qui laissait entrevoir la fermeté de son cul. Il s'est retourné, comme s'il se sentait épié, et m'a souri.

— C'est souvent long ici, m'a-t-il dit en anglais. Le vieux ne s'est toujours pas fait aux euros.

Il marchait si lentement que je l'ai rattrapé sans peine, ma cartouche à la main. Je lui ai demandé ce qu'il faisait, ici à Stromboli. Il m'a proposé un tour dans sa barque, si j'avais du temps devant moi. Sevda pouvait patienter. Je l'ai suivi jusqu'à l'embarcadère où son canot peint en vert et blanc nous attendait. Une corde le reliait à la jetée. Nos poids ensemble l'ont fait tanguer, je me suis accroché à lui pour ne pas tomber. J'aurais tout donné pour rester ainsi, contre lui, nos bras s'agrippant à nos épaules, son sourire si doux, on aurait dit celui d'un enfant. Je me suis allongé au fond de ce canot en songeant étrangement aux anciens souverains égyptiens qui se faisaient construire des barques funéraires, symbole d'un passage dans la mort. Marco s'est placé près de son moteur, et nous avons pris le large. J'ai fini par enlever mon T-shirt et mes sandales, j'ai calé ma tête contre une serviette roulée en boule, probablement la sienne, qui sentait la sueur et l'essence. Et je me suis laissé aspirer par le ciel d'un bleu cobalt, dont la luminosité m'a fait cligner des yeux. Mon pied gauche, touchait la jambe de Marco qui n'a pas cherché à la retirer.

Marco

Je suis né à Stromboli et je n'ai guère voyagé. J'en ai envie pourtant, mais le billet d'avion n'est pas encore dans mes moyens. J'apprécie chaque recoin des îles Éoliennes, je suis allé aussi en Sicile, à Palerme, et à Naples. Mais je préfère Stromboli. L'hiver est un peu rude ici, les touristes sont partis, laissant l'île dans une sérénité hors du temps. Une partie des Strombolani aussi, vers Lipari, Salina, ou la Sicile. De cinq cents, nous ne sommes plus que trois cent cinquante. Les commerces sont fermés, comme les restaurants. Le thermomètre descend entre cinq et douze degrés. Le vent frais se lève. Le charme est ailleurs. On peut encore se baigner, même si la température à seize saisit un peu. Je suis orphelin depuis dix ans. Mes parents ont péri en mer à cause d'un défaut du moteur qui a explosé sans prévenir. Il me reste mon oncle sur l'île de Salina à qui je rends souvent visite, il peine à marcher et sa santé est loin d'être excellente. L'hiver, je travaille au garage à bateaux de Stromboli. Je n'ai pas à me plaindre. Je fais beaucoup de sport, je cours, je nage, je répare des bateaux. J'aime aussi ne rien faire. C'est même ce que je préfère. Je me laisse dévier au large, et je m'endors dans ma barque, en prenant soin de couper le moteur. L'été, c'est la saison des touristes. Ils nous envahissent du monde entier. En même temps, je gagne mieux ma vie, je ne le regrette pas. Certains sont vraiment sans gêne et me prennent pour leur larbin. Je leur fais vite comprendre qui est maître à bord. Ce ne sont pas les filles qui manquent l'été avec leurs robes légères et leurs rires sonores, mais j'ai une préférence pour leurs frères ou leurs maris. J'ai su que j'étais attiré par eux, un jour de canicule, à cause d'un touriste français un peu trop sûr de lui qui m'a initié aux plaisirs masculins. Autant l'hiver je n'ai que les pulls en mohair pour me réchauffer, autant l'été je dois mettre le holà avec toute cette testostérone : je ne suis pas une machine. J'aime bien m'attacher un peu, même si je sais que ça finit plus vite que ça n'a commencé. Quelquefois je reçois des SMS et je ne me souviens plus de celui qui les a écrits. Je n'ai pas la mémoire des prénoms. Je ne me prends pas la tête, ça va, ça vient, et c'est très bien ainsi. Je ne compte pas me marier et adopter des enfants, alors les histoires qui durent, le blanc des yeux dans les miens, non merci. J'apprécie ma liberté que j'entretiens à la montagne, en y dormant des nuits entières. Les couchers de soleil du haut de ces pics vertigineux, je ne connais pas pareille beauté. J'aime bien cette adolescente, Giulia, un éclat, cette fille-là. Douce et bien élevée en plus. Elle travaille au Strongyle avec son père, le genre d'hôtel où je n'ai pas osé mettre les pieds. Ce ne sont sûrement pas les gens d'ici qui s'y rendront un jour. Je l'ai emmenée souvent à Strombolicchio avec ce beau gars, un Allemand, je ne sais plus comment il s'appelle déjà. De belles cuisses, en tout cas. Depuis que Giulia a une aventure avec Finn O'Brien, je ne la vois plus, l'Allemand encore moins. Un chic type, ce Néo-Zélandais. Il a additionné tous les boulots possibles sur cette île qu'il ne veut pas quitter. Et puis j'ai rencontré Anton, un Turc, une vraie bombe. J'ai bien remarqué dans le miroir qu'il me matait, au tabac. Un beau gars vraiment aux mains puissantes, à la carrure imposante. Je me demande encore ce qu'il veut. Il loue la barque à la journée pour passer une heure avec moi. Il me fait du pied, me questionne sur mon parcours, comme si ça l'intéressait pour de bon. J'aimerais bien qu'il me bouscule un peu, goûter à sa bouche, faire l'amour avec lui dans la barque. Mais il m'impressionne, je n'ose pas réaliser le premier pas. Hier, il m'a même proposé de me louer le rafiot à l'année pour que ma vie s'améliore. Ces touristes sont dingues. Après tout, il fait ce qu'il veut de son argent. J'ai dit oui, sinon je perds au change, pas d'argent, pas de culbute non plus. C'est vrai qu'il me plaît et que je devrais être plus entreprenant. Demain peut-être, quand on sera loin, sans personne pour nous épier.

Sevda

Je prends sur moi. Je sais faire. Anton s'absente tous les après-midi et revient les mains vides. Il me dit qu'il part admirer la mer au port. Qu'il en a besoin. Je ne sais pas si je le crois encore. Au moins, il ne prétexte plus aucune course. Il se contente de me sourire et je me demande s'il se fiche de moi ou si sa grimace dit simplement : « Ne t'inquiète pas. » Je l'ai humé discrètement en le massant avec la crème solaire, il ne sent presque rien, pas un parfum facilement détectable, en dehors d'un zest d'essence et de sel qui laisse supposer une balade en bateau. Je me suis promis d'être irréprochable avec Anton, au moins je l'ai avec moi le reste du temps. C'est tout ce qui compte. On se baigne rarement ensemble. Il me le propose néanmoins, mais je lis un roman que je n'ai pas envie de lâcher, ou je somnole et je ne réponds pas. Ma fille aînée Aylin m'a envoyé un texto pour prendre de nos nouvelles. Ce ne sont pas ses sœurs qui en feraient autant, à moins d'avoir besoin d'argent. Je ne l'ai jamais dit à Anton, ni à qui que ce soit d'ailleurs, mais j'ai une nette préférence pour Aylin. Rien que d'y penser, je me fais l'effet d'être une mauvaise mère. Il faut dire que ses intentions sont toujours louables. Elle fait des études de médecine pour devenir chirurgienne comme son père. Son dieu vivant qu'elle concerte pour un rien, avec une admiration sans limites. Meryem et Asli sont deux chipies qui ne cherchent qu'à s'amuser. Anton dit que c'est de leur âge. L'une serait dealeuse, la seconde stripteaseuse, il trouverait ça parfait. Ces deux-là ne perdent rien pour attendre. Toutes les fêtes ont une fin, je ne suis pas un distributeur automatique. Certes, Anton gagne très bien sa vie et l'argent qu'il a placé en Bourse a fructifié depuis en un véritable capital, mais quand même. Je ne tiens pas à ce que mes filles s'imaginent que tout est facile à ce point. Je vais veiller à leur rappeler cela en rentrant.

En l'absence d'Anton, j'ai sympathisé avec Thomas et Lior, deux hommes charmants, avec lesquels j'ai discuté au bord de l'eau, oubliant l'heure qui filait. Je me suis laissé convaincre de prendre un verre avec eux au patio, là où on a retrouvé ce malheureux Matheo, terrassé par un infarctus. Je ne le connaissais pas très bien, de vue seulement, je ne m'y suis pas attardée. La mort n'est pas attendue dans un lieu pareil. Je les ai questionnés l'un l'autre, en toute discrétion, curieuse toutefois de leurs parcours. Et c'est ainsi que Thomas a cité Emilio, son ancien amour. Je n'y aurais pas prêté davantage attention s'il n'avait pas évoqué Ravello, où nous avons séjourné Anton et moi, jusqu'à l'été dernier, à la villa Cimbrone, aux jardins inouïs de raffinement. J'ai demandé à voir une photo de cet Emilio que Thomas a fait surgir de son portable. Je me suis figée sur place. J'ai essayé de me ressaisir, mais cet Allemand est bien trop fin pour ne pas l'avoir remarqué. Il s'est tu pourtant et un silence pesant s'est installé entre nous, jusqu'à ce que Lior me demande doucement si j'identifiais cet homme sur le cliché. Et j'ai su, au regard que Thomas portait sur son compagnon, qu'il ne le remercierait jamais assez de l'avoir fait pour lui.

— Oui, nous le connaissons bien, Anton et moi. Emilio Rizzo. Il descend tous les étés au Cimbrone avec son mari, un pianiste virtuose. Nous avons dîné tous les quatre plusieurs fois. L'été dernier, nous avons même joué au tennis ensemble.

J'avais à peine fini ma phrase que Thomas s'est levé d'un bond, faisant basculer nos verres que nous avons miraculeusement saisis par la main, Lior et moi, tandis que le sien se renversait sur le sol immaculé du patio. Lior m'a dit de ne pas m'inquiéter, mais qu'Emilio s'était fait passer pour mort il y a des années maintenant, en disparaissant à la nage, là où nous étions une heure plus tôt. Je me suis confondue en excuses. Et Lior est parti rejoindre Thomas. Je n'ai rien dit, mais j'ai toujours eu une préférence pour le pianiste, Alessio, bien plus jeune qu'Emilio. On aurait dit à s'y méprendre qu'ils ressemblaient à un père et son fils, si leur attitude amoureuse détrompait ce jugement un peu hâtif.

Thomas

Je suffoque. Je fais sans doute un infarctus, comme Matheo. Lior me parle, mais je ne l'entends pas. Un son nouveau, comme un sifflement aigu, monte en puissance et résonne comme les cloches d'une cathédrale dans ma tête. Je l'ai prise entre mes mains, c'est insupportable. Je tombe à genoux tandis que Lior quitte la chambre. Sevda a dû se tromper, ce n'est pas possible. Nous aurions tous sept sosies dans le monde, la confusion est probable. Mais à Ravello, à quelques centaines de mètres de son ancienne maison ? Cette assurance de Sevda à le reconnaître aussitôt. Je sais qu'Emilio, avant moi, préférait les hommes bien plus jeunes que lui, comme ce pianiste que j'imagine mince et frêle. J'étais l'exception dans sa vie. Dix longues années ensemble, cela n'a rien à voir avec une romance de l'été, aussi belle soit-elle. Je n'en veux pas à Lior d'avoir posé la question à ma place que je n'aurais pas osé formuler. Ni à Sevda d'y répondre, même si ses mots m'ont transpercé autant qu'un glaive enfoncé jusqu'à l'os. Je me suis couché à terre sur le sol frais. J'essaie de calmer le carillon du métal dans ma pauvre tête chargée. Des images resurgissent du passé, quand nous étions heureux, Emilio et moi. À l'époque où nous préparions nos repas tous deux, après un tour au marché de *Maybachufer* à Berlin. Ces regards que nous échangions en coupant les tomates pelées, le céleri, les herbes aromatiques, les carottes, les oignons qui nous faisaient verser des larmes sans valeur, ces gestes souvent répétés, couteaux fins et aiguisés râpant les planches.

Comment as-tu pu me faire ça, Emilio, fuir à la nage, tandis qu'une embarcation devait t'attendre un peu plus loin, conduite peut-être par ce pianiste virtuose ? Quel intérêt avais-tu de simuler une disparition ? Je connaissais tes ennuis avec le fisc, mais tu disais toujours que ça s'arrangerait avec le temps. Tu ne t'es jamais limité à un mensonge près. Moi, je t'ai connu sous le nom de Greco. Tout cela n'est peut-être qu'une coïncidence malencontreuse. J'ai le sentiment de perdre pied, que tout ce que j'ai vécu depuis notre rencontre ressemble à un leurre, comme nos vies que tu as déliées d'un artifice si cruel. Où est Lior, pourquoi m'a-t-il, à son tour, abandonné ? Je devrais avaler une boîte de somnifères et en finir. Pas une seule fois je n'ai douté d'Emilio. J'ai porté son deuil me rappelant chaque instant, cette élégance qu'il faisait sienne, ces manchettes à ses poignées de chemise, ses initiales gravées dans une chemiserie à Rome, tel un sceau sur sa poitrine, ses costumes sur mesure importés de Londres, ses ceintures hors de prix, ses chaussures qu'il entretenait chaque matin, refusant que quiconque le fasse en dehors de lui. J'étais très éloigné de son monde, mais je m'étais persuadé en dix ans que le nôtre semblait compatible. Je n'ai qu'à lever le bras et ouvrir le tiroir de ma table de nuit. La mort est à portée de ma main. Je transpire comme jamais. Le T-shirt est une seconde peau. Je t'en veux tellement. J'ouvre ce caisson sans peine. J'attrape la boîte. Je saisis l'eau minérale que Guillaume nous fait déposer chaque matin. Je dépiaute toutes les plaquettes. Ça ne pèse pas lourd dans ma main. Le poids d'une âme ? Je m'apprête à les avaler quand je reçois un coup de pied qui fait valser les comprimés et les répand tout autour de moi. Lior s'est assis sur ses talons et me gifle à deux reprises. Anton apparaît derrière moi et m'oblige à me relever pour que je m'allonge sur le lit. Les cloches ont cessé de carillonner. Je n'ai qu'une envie. Dormir longtemps, d'un sommeil sans rêves. Je ne laisserai plus jamais Emilio entrer dans mon existence par effraction. *Raus meine Leben*. Oui, sors de ma vie.

Elena

J'ai laissé Irina préparer le poison, un mélange de digitale et de laurier-rose. Ils poussent ici comme du chiendent. Je l'ai broyé, afin de le réduire en poudre. Ma main me faisait mal, mais c'était pour Enzo, je lui devais bien ça. Irina en tant qu'infirmière est très habile pour obtenir ce qu'elle veut. En tant que femme aussi. L'hypertension artérielle de Matheo nous a aidées, ce pauvre homme n'avait aucune chance de s'en sortir. Nous l'avons invité à prendre un verre sur la terrasse de ma chambre, pour le remercier de ses attentions. Les hommes résistent rarement aux compliments. Il a traversé la pièce, empêtré par sa démarche, le pas lourd, une ébauche de sourire à ses lèvres. Irina lui a tendu un whisky qu'il a bu à petites gorgées, tandis que nous le complimentions sur l'excellence de l'hôtel. Il s'est arrêté soudain de nous répondre sans finir sa phrase, a porté la main sur son cœur avec une grimace de douleur, puis sa tête s'est renversée en arrière, le regard fixe, presque apaisé. La cornée de l'œil s'opacifie vite après la mort. Une tache noire est apparue près de l'iris. Je croyais entendre Enzo rentrer de la morgue, et me raconter ce qu'il avait vu. Irina a servi un deuxième verre de whisky qu'elle a porté aux lèvres de Matheo en lui tenant la tête. J'ai laissé ma chaise roulante à Irina, le temps qu'elle le dépose, lui et son verre, au patio, à cette heure désertée. Personne ne l'a aperçue transporter ce colosse, ni l'installer derrière cette table où elle a posé le verre de sa main gantée. J'avoue que je n'en tire aucune fierté. L'enquête a suivi son cours, la police sicilienne étant pressée de ne pas s'attarder sur le décès d'un homme qui souffrait déjà d'un problème de santé, capable d'engendrer un infarctus. Et dire que le whisky est bien connu pour son excellence envers les muscles cardiovasculaires, belle ironie du sort, cela ne l'a pas empêché de trépasser. Je n'ai rien changé à mes habitudes quand Pippa l'a découvert et que l'hôtel a joint la police. Irina m'a déposée à l'ombre d'un citronnier, près de la piscine, loin des enfants, et j'ai relu un roman d'Italo Calvino *Si par une nuit d'hiver un voyageur*, dans lequel ce grand écrivain né à Cuba remet en question le genre traditionnel du roman. Évidemment, je n'ai rien écrit sur mes carnets de moleskine. Je n'ai pas spécialement envie de me souvenir de cet été. J'ai déjeuné seule au restaurant, servie par la délicieuse Giulia à qui je venais d'ôter son second père. Rien dans son attitude ne montrait son affection, ou le chagrin d'un être cher disparu. Ses traits si délicats, sa peau brunie par le soleil, aucun cerne ne venait ombrager sa prunelle. Sa jeunesse, sans doute. J'imagine que tout en elle devait bouillir comme l'eau sur le feu. Elle ne semblait pas encline à s'épancher, ses réponses étaient brèves, ne réclamant aucune autre question. L'après-midi je suis retournée à ma chambre pour une longue sieste.

À mon âge, c'est essentiel. Je dors plus que je ne suis éveillée. Je me prépare doucement au long départ. En début de soirée, Irina m'a poussée jusqu'au débarcadère. Je voulais voir les bateaux. Ils me rappellent toujours nos escales dans les îles Éoliennes, avec Enzo. J'ai laissé mon regard s'enfuir, l'œil fixe, tandis que je nous revoyais monter à bord de ces embarcations sommaires qui ne ressemblaient en rien à celles d'aujourd'hui. Je n'étais pas privée de l'usage de mes jambes, je me raccrochais pour un rien à l'épaule ou à la main d'Enzo, si heureuse. C'est en revenant au ponton que j'ai vu une barque s'amarrer, tout en vert et blanc, Anton à bord. Je n'y aurais pas prêté davantage attention si le marin n'avait pas serré le chirurgien contre lui avant qu'ils ne se séparent. Je n'en ai rien dit à Irina qui patientait quelques mètres plus loin, en mâchouillant ses lèvres. Je lui ai fait un signe, je voulais me rendre à l'Ossidiana, le meilleur endroit, ici, pour assister au coucher de soleil, et boire un verre de *Malvasia di Lipari*, un délicieux cépage de raisins blancs. Les hommes, tout de même, sont parfois surprenants.

Giulia

Finn O'Brien est un vrai pitre. Pour m'épater, il est tombé à la renverse du ponton, tout habillé, et a disparu dans l'eau noire avant de réapparaître au large, me suppliant de le rejoindre. La lune pleine diffusait un faisceau de lumière argentée, m'invitant à le suivre. J'ai gardé mon short et j'ai plongé avec délice dans l'eau tiède. En quelques crawls je me suis retrouvée à sa hauteur. Il riait de sa bonne farce, a même essayé de me couler. Mais je suis plus agile qu'il ne le croit. J'ai fait mine de m'enfoncer, puis j'ai saisi son bras que j'ai tiré dans les eaux noires. Il n'a pas cherché à se débattre. Il m'a embrassée sous l'eau et je me suis laissé faire. Je n'ai même pas cherché à résister. Il faut croire que j'en avais envie, même si ce n'est pas forcément le lieu idéal. Sa bouche m'a semblé marine. Sa langue goûtait l'algue et le sel. Je tentais d'empêcher la mer d'entrer en moi, refermant mes lèvres sur les siennes, jusqu'à ce que j'étouffe, manque d'air, et remonte aussitôt à la surface en le repoussant. Nous avons nagé jusqu'au bord de la plage de galets sombres, à peine lustrés par l'eau, caillasses aux bords polis, caresses du diable. Finn a dix-neuf ans. Il sait des choses que j'ignore encore. Il est comme un chien fou, aime sauter en l'air tandis que je lui parle, est capable de marcher sur ses mains, me fixant attentivement du dessous de son œil. On dirait qu'il m'épie, m'observe, m'étudie comme ces papillons aplatis entre deux plaques de verre sous le microscope. Il me dit que je suis belle, qu'il ne se lassera jamais de me regarder. J'en suis presque gênée parfois, tant d'insistance, de tendresse dans son œil bleu pareil à l'éclat d'une apatite. Il me serre contre lui, me dit qu'on ne fait plus qu'un. Au moins le volcan m'aura apporté Finn. Comme la montagne est inaccessible, il ne travaille plus. Il est tout à moi. En tout cas pour une semaine. Le garage à bateaux de Stromboli a accepté de le reprendre, logement inclus, sous le toit de tôle, là où Matheo louait sa chambre. Là où mon père dort quelquefois, trop soûl pour rentrer au Strongyle. Jamais je ne serai assez reconnaissante envers Abigale pour tout le bien qu'elle fait à mon père. Ce n'était ni d'une fille, ni d'un ami dont papa avait besoin, mais d'une femme pour lui rendre sa confiance. Il a cessé de picoler, est amoureux de cette Américaine qui va, je l'espère, rester avec nous. Je la vois plus comme une grande sœur qu'une belle-mère. Pour le moment, elle n'est rien de tout cela, seulement une touriste en transit qui n'a pas encore pris sa décision. Si elle part, mon père recommencera à boire et je n'ai plus Matheo pour le porter. Si Finn est encore là, je pourrai lui demander à lui aussi. Je serai confrontée au chagrin de papa, à son manque d'assurance, à son silence à propos de ma mère. Je veux profiter de Finn comme toutes ces choses délicieuses dont on sait qu'elles ont une fin.

Finn aussi est en transit. Il aimerait trouver un emploi permanent sur l'île. Je pourrais peut-être demander à mon père de l'engager au Strongyle pour ne pas le perdre. Finn repartira en Sicile ou sur la côte amalfitaine, sinon. Moi aussi, je suis en transit. Je ne me suis pas encore décidée à propos de Finn. Ses baisers se font plus pressants, ses mains fouillent mon corps, je me raidis parfois, tout va si vite avec ce bateleur. Il m'attire parfois dans les ruelles étroites de Stromboli qui descendent sur le port. Ces vignes qu'il faut traverser au pas tandis qu'il m'enlace et qu'il n'y a personne à la ronde. Je cours plus vite que lui, mais il me rattrape toujours car je n'ai pas envie de le semer. Et il se pourrait bien que je me donne à lui, comme ces vagues inlassables qui ne cessent de frapper la roche de Strombolicchio.

Guillaume

Abigale reste. Elle dit qu'elle ne reviendra pas sur sa décision. Je suis heureux comme je ne l'ai jamais été, malgré le décès de Matheo, mon compagnon d'armes, mon meilleur et seul ami, lui qui a emporté toutes traces de notre passé. Mais je sais qu'il aurait aimé que je parle à ma fille, que je lui dise toute la vérité à propos de sa mère. Plus rien ne me retient, maintenant qu'Abigale a fait de moi un homme apaisé. J'ai si peur de la réaction de Giulia. Pourtant, je ne suis pas un inconnu pour elle, même si elle ignore tout de ma vie d'avant. Je suis son père, du moins sur le registre. Et même si mes écarts ont fait de moi un paria, je sais combien elle m'est attachée. Un lien qui pourrait toutefois se rompre. Je dois avoir davantage confiance en moi. Le service ce soir est sur le point de s'achever, elle a remplacé un serveur qui s'est blessé avec un plat chaud. Je l'attends au patio où les palmiers le disputent aux bougainvilliers roses. Je lui ai fait parvenir un mot, je ne peux plus reculer. Je me suis servi exceptionnellement un limoncello que j'ai lapé dans son verre glacé. Chaque gorgée a engourdi ma gorge, faisant descendre l'alcool citronné qui m'a échauffé le sang. Elle s'avance vers moi, un peu surprise, je n'ai pas l'habitude de ces apartés avec elle. J'ai caché le verre dans une plante. Je veux être irréprochable, demeurer vigilant ce soir. Elle s'assoit près de moi, les jambes croisées, signe de sa nervosité. Tout comme sa mère. Je lui dis combien Giulia lui ressemblait. Elle me regarde de biais et se tait. Fini le temps où elle me harcelait de questions. Ce qu'elle veut, ce sont des réponses et je m'apprête à toutes les lui donner, ou presque. Je commence par lui confier ma part d'ombre, ces vingt ans au service de l'armée, du terrain où j'ai participé aux renseignements d'intérêt militaire. Je la vois s'impatienter sur sa chaise. Cette part de mon histoire n'est pas celle qu'elle espère le plus. J'évoque ma rencontre avec sa mère dans le sud de la France à une terrasse de café. Il venait de pleuvoir, nous étions les seuls clients attablés dehors. Je lui ai souri. Elle s'est levée et s'est assise près de moi, ce qui m'a profondément troublé. Elle avait cet accent italien qui me charmait déjà. Son français parfait nous a maintenus sur cette terrasse jusqu'en début de soirée. Je l'ai invitée à dîner. Elle m'a souri à son tour. Je me souviens même de sa robe légère à pois bleu foncé et blanc qui suivait chacun de ses mouvements. Je l'ai épousée deux mois plus tard à la mairie du Ve arrondissement, à Paris, avec Matheo comme témoin. Mais l'armée a vite fait de me rappeler, et les années qui suivirent furent les pires de ma vie. Je suis devenu irascible et violent. Les combats sur le terrain me rendaient fou. Je ne supportais plus toute cette violence, ces cadavres que nous abandonnions derrière nous me hantaient.

Je n'ai pas envie de te donner le moindre détail de tout cela, ma fille. Mais je veux que tu comprennes l'homme que j'étais, un pauvre type, sorti des rails. La première fois que j'ai frappé Giulia, elle est tombée à la renverse, heurtant le coin d'une table. J'ai eu si peur que je me suis enfui. Matheo m'a obligé à retourner chez moi, et j'ai dû conduire ma femme à l'hôpital. C'est comme ça que j'ai appris qu'elle te portait déjà en son ventre. Elle n'a plus jamais été la même après. Je lui faisais peur. Elle me regardait fixement, me tenant tête, reculant d'un pas si je m'avançais vers elle. Elle semblait si soulagée dès que je filais en mission. Elle me fuyait, me craignait, je ne pouvais plus voir ça dans son regard. Ma vie n'était plus qu'en éclats, je vivais entre les bombes et la violence que je ne contrôlais plus. Plus rien ne me rassurait. Plus personne. Ni Matheo, encore moins ma femme que j'effrayais. J'étais sur le front quand Giulia a accouché de toi. Ta mère n'est pas morte à ta naissance, ma fille. Elle s'est enfuie, nous abandonnant, toi et moi. Elle avait tout planifié et n'a rien laissé derrière elle. Pas un mot, pas un seul de ses vêtements. J'ai organisé des recherches en France comme en Italie, mais elles n'ont pas abouti. Giulia s'est volatilisée. Je n'ai jamais eu le moindre signe de sa part. Même ses vieux parents ne l'ont jamais revue. Elle a cessé d'exister, aussi, auprès de ses meilleures amies. Il n'y a pas de tombe au Père-Lachaise, Matheo et moi l'avons inventée. Je te dis toute la vérité, du moins la mienne. Mais je ne peux pas te révéler où elle se trouve maintenant. Nous espérions, avec Matheo, qu'elle finirait par réapparaître avec les enquêtes que nous avons continué de mener. Mais il a bien fallu admettre, avec le temps, qu'elle semblait plus forte que nous. Ne pleure pas, Giulia. J'ai tout un carton de photos à te montrer. Tu comprendras pourquoi je l'ai tant aimée, autant que toi.

Abigale

J'ai récupéré Giulia en larmes. Elle est venue frapper à ma chambre, à une heure tardive, tandis que j'effaçais, une à une, toutes les photos d'Eytan sur mon portable. Lorsque j'ai ouvert, elle s'est jetée à mon cou, les yeux rougis, le bras retenant un carton, m'enlaçant comme le lierre et l'arbre, ses larmes coulant sur mes épaules nues. Je ne suis pas douée pour consoler les enfants. Quand cela m'arrive, je caresse leur tête comme je le ferais à un gentil chien qui vient de ramener la balle. Pareil pour mes parents, assis sur leurs cartons de déménagement attristés d'être expulsés une fois de plus. Aucun mot ne me serait venu à l'esprit pour les conforter. Certes Giulia n'est plus tout à fait une fillette, c'est une adolescente posée. J'ai cru un instant que son chagrin concernait Finn. Depuis leur rencontre, elle s'allonge sur mon lit et me raconte tout ce qu'ils font ensemble. Elle espère peut-être que Finn, malgré son insistance à l'aimer, change d'avis. Je prononce doucement le prénom néo-zélandais. Mais je n'y suis pas. Guillaume lui a révélé que sa mère était vivante. Je n'en reviens pas. Ce rustre ne m'en a jamais parlé.

Les hommes sont si secrets parfois. Giulia me dit que sa génitrice pourrait être à Paris, en Italie, ou sur les rives de l'Amazone. Que Matheo et son père l'ont recherchée pendant quinze ans, usant de toutes leurs connections avec les services de renseignements français, mais rien ne s'est avéré concluant, comme si cette femme s'était diluée dans la nuit. Elle a cessé de voir ses parents, ses meilleures amies même, n'a plus jamais utilisé une seule de ses cartes de crédit, laissant son compte à l'abandon. Elle a fui la brutalité de Guillaume. Elle a ignoré sa propre fille au passage, l'abandonnant à l'hôpital, comme un paquet encombrant dont on ne sait que faire. Giulia me dit qu'elle préfère encore ce mensonge qu'elle a cru, sans jamais le remettre en question : sa mère morte en la mettant au monde. Cette femme dont elle ne savait rien jusqu'à ce carton de souvenirs que son père lui a remis ce soir et dont elle ne sait pas encore si elle va l'ouvrir ou s'en débarrasser. Je lui propose doucement qu'on y jette un œil entre filles. Les premiers clichés sont si saisissants que Giulia recule sous l'effet de la ressemblance. Le même port de tête, la même façon de pencher le visage pour mieux écouter, la blondeur quasi incandescente de leurs longues chevelures. Des robes plus classiques que l'allure garçonnière de l'adolescente, davantage de maquillage aussi, Giulia n'en met pratiquement jamais. Le même sourire, large et généreux, sans savoir qui a pris ces photos. Guillaume, sans doute, à leurs débuts, bien avant qu'il ne lève sa main sur elle. Ce que Giulia me confie me déstabilise complètement. Je n'ai vu que de la douceur en Guillaume sous cette épaisseur un peu sévère. Même au lit, ses gestes sont lents, empreints de délicatesse, une attention quasi féminine qui m'a étonnée et aussitôt plu. L'enveloppe extérieure ne dit pas tout. Je n'aurais jamais soupçonné la brutalité. Je me demande soudain si j'ai fait le bon choix en restant là. Je sens une goutte de sueur naître entre mes omoplates et descendre dans le dos. Mais pas un seul geste de Guillaume ne m'a semblé déplacé. Je connais la violence des hommes. Ils se trahissent toujours ne serait-ce qu'au volant de leur voiture, s'adressant au serveur d'un restaurant qui les a ignorés, au premier baiser un peu trop forcé, à cette manière parfois un peu brutale de vous faire tomber sur le lit. Guillaume n'est plus ainsi, force est de le constater. Je me serais méfiée d'un homme comme ça. J'ai l'habitude. Je n'aurais pas laissé partir Eytan aussi lâchement, ni démissionné si soudainement pour une brute pareille. Je laisse Giulia sur mon lit regarder une à une ces vieilles photographies, comme je l'abandonnerais à rencontrer sa mère, j'ai besoin de voir Guillaume et qu'il me parle enfin de lui, comme il vient de le faire avec sa fille. Il s'est éloigné de l'alcool, de la violence, avec volonté, mais ces addictions, hélas, ne sont jamais tout à fait guéries. Je n'aimerais pas qu'il rechute dans l'une ou l'autre. J'ai besoin de me convaincre, je crois. Les choix impulsifs sont rarement les meilleurs.

Lior

Je le savais. Dès que Thomas m'a parlé de son ancien amant, j'ai ressenti un mal-être si intense que je l'ai d'abord attribué à la jalousie. Dix ans d'une vie, ce n'est pas rien. Aimer est si nouveau pour moi. J'en découvre le contenu un peu plus chaque jour, sans même imaginer ce que je vais y trouver. Je me suis attaché à Thomas. J'éprouve un désir constant. Jamais je n'aurais pu imaginer un jour pouvoir ressentir cela. Mon parcours d'océanographe est si riche qu'il m'a longtemps contenté. Je n'étais pas envieux d'autrui. J'ai rencontré de nombreux passionnés en laboratoire en préparant des campagnes en mer, ou partageant nos études sur des gisements d'hydrocarbures. J'ai eu la chance de parcourir les océans, ce que peu d'océanographes obtiennent, passant plus de temps derrière les ordinateurs de leur laboratoire. Pas une seule fois, je n'ai été attiré par ces hommes et ces femmes autrement que par leur métier. Cela ne m'est jamais venu à l'idée d'en inviter un à boire un verre, et encore moins à dîner. Autant chercher à s'entendre avec une baleine des mers. Aussi, j'ai vite écarté la jalousie à propos d'Emilio. Je ne pouvais avoir mené ce chemin d'ermite, le mien, sans imaginer qu'il y avait d'autres sentiers, plus ouverts. Simplement, un homme s'éloignant à la nage, et plutôt bon nageur de surcroît, même par un climat incertain (il pleuvait ce soir-là), victime d'une crampe et se noyant, aurait été retrouvé au large. Ou même ramené au bord par les courants, il n'en manque pas à Stromboli, et particulièrement en cas d'orage. Un cadavre repêché n'a aucune valeur, il aurait été restitué le jour même, au pire le lendemain, ne serait-ce que pour l'odeur. Et même rejeté à l'eau, là encore, ce moribond aurait été repêché par la marine fluviale alertée par Thomas. Une seule solution s'imposait, un bateau l'attendait avant de quitter les côtes, disparaissant des radars sous la pluie, sans que personne s'en rende compte. Ce n'est évidemment pas le prénom d'Emilio qui m'a fait frémir entre les lèvres de Sevda, mais plutôt ce que m'en a dit Thomas. La différence d'âge entre eux deux m'est égale, nous avons la même, Thomas et moi. Mais il me semble que nous recherchons l'égale pureté, ce goût certain de l'idéal. Comme une association de sensibilités d'où ne peuvent s'écouler qu'une tendresse sans artifices et une réelle recherche du bonheur. Aucune vie n'est épargnée. Ce n'est pas le drame qui compte. Plutôt ce qu'on est capable d'en faire. Thomas s'est probablement laissé séduire par l'aisance d'un homme qui a réussi son parcours. Et j'imagine qu'Emilio l'a été par l'attention que lui a portée Thomas. Je n'en ai pas la moindre idée en fait. Après tout, pour des raisons qui restent mystérieuses, quelque chose n'a pas suffi, un manque qu'Emilio a certainement comblé par la fuite.

Thomas est resté alité toute une semaine après avoir appris pour Emilio. Sa tentative de suicide n'était qu'un geste de désespoir. Je ne regrette pas ma paire de claques, parfois c'est essentiel. Je l'ai veillé en lui racontant la vie des espèces sous-marines, lui faisant boire régulièrement de l'eau, surveillant les cachets que lui a prescrits Anton, des anxiolytiques pour la plupart, et surtout, je l'ai laissé dormir. Même une marmotte n'en fait pas autant l'hiver. J'ai rassuré Sevda qui culpabilisait. Nous avons bu des jus de fruits, en discutant près de la mer, sur les transats rouges. Anton est un homme charmant, même s'il disparaît souvent en fin de journée. Je soupçonne Sevda de s'en accommoder, mais je me garderai bien de lui faire la moindre remarque. Il y a dans son regard comme un métal dont je me méfie. Cette femme est une guerrière à l'image du *Combattant*, ce poisson des eaux douces tropicales de l'Asie du Sud-Est. Si belliqueux, qu'il faut le séparer de ses adversaires en l'isolant dans un aquarium. Je n'aimerais pas être en travers du chemin de Sevda. Je la sens capable de tuer. J'ai aussi emprunté ce chemin que je m'étais interdit toutes ces années, qui descend de l'église San Vincenzo au port. Il traverse des champs d'oliviers paisibles, route de terre sous des arbres centenaires aux racines entremêlées. J'ai eu brièvement la sensation de marcher sur ses pas, avant qu'elle ne se retourne vers moi, son chapeau à larges bords retenu d'une main, et qu'elle me dise : « Tu vois, Lior, c'est toujours plus facile quand on n'a plus peur. »

Pippa

Je suis entrée, cet après-midi-là, dans la chambre de sa mère. Et ce dont j'ai été témoin m'a stupéfiée, différemment qu'Iddu, où, en 2002, j'ai perdu mon mari et ma fille, noyés tous deux dans des torrents de boue. J'ai vu Lior en transe, ses mains au-dessus du corps inerte de sa mère, les yeux fermés. J'ai ressenti une énergie traverser cette chambre de part en part. On aurait presque dit un chef d'orchestre sur sa partition, si concentré qu'il m'a oubliée, moi, tandis que je lui demandais ce qu'il faisait là, lui, à parcourir madame de ses mains. Toute sa chair à lui tremblait si fortement que j'ai cru un moment que ce garçon allait se disloquer. Puis il a perdu connaissance et je l'ai porté jusqu'à sa chambre sans en parler à son père, dès que sa mère s'est réveillée d'entre les morts. Depuis que je sais de quoi ce garçon est capable, je m'en méfie. Ce n'est pas à nous de ramener nos défunts. J'ai laissé partir Diego et Clara vers un monde que j'espère meilleur. Je les ai imaginés ensemble, tandis que près de deux millions de mètres cubes de terre s'écroulaient dans la mer, avant de submerger l'île et eux avec. Je me trouvais à Syracuse au chevet de mon vieux père malade et je n'ai rien pu faire. Seulement les enterrer et les pleurer. Je n'ai pas demandé à Lior de les faire resurgir des abysses de la mer. J'ai prié, comme je prie encore. Je n'ai jamais cessé de me signer. Ça m'a soulagée quand ils sont tous repartis à Naples et que la maison a été mise en vente. J'ai aspergé chaque pièce de ce lieu maudit d'eau bénite sans que personne me voie. Guillaume de la Salle m'a engagée peu après. J'étais plutôt rassurée que les Américains ne m'aient pas demandé de rester dans la maison du diable. J'aurais refusé de toute façon. Curieusement, je suis heureuse de voir Lior ici, comme un simple client de l'hôtel. J'ai plaisir à le servir. J'aime moins le savoir avec un homme. Décidément je ne comprends plus grand-chose à ce monde. Je me suis attachée à Matheo et lui aussi est parti. Je le rejoignais parfois dans sa chambre au garage, près de l'Ossidiana. Je sais bien que je n'étais pas la seule femme, mais depuis le décès de Diego, je n'ai pas rencontré d'autre homme que lui. Il me disait que je comptais pour lui, et ça me suffisait. Quand on a travaillé toute son existence sans dénombrer les heures, que les années de deuil ont laissé leurs empreintes, on ne s'attend pas à ce qu'un homme vous trouve belle et vous épouse. Mes mains sur son corps couvert de brûlures et de cicatrices profondes relevaient sa part de vie en enfer. Moi aussi, j'y ai eu droit, mais mes blessures ne se voient pas. Lorsque je suis revenue de Syracuse, je n'étais ni mère, ni femme. Juste une veuve qui avait perdu son mari. Il n'existe pas de mot quand il s'agit d'une fille. Ou alors le mot *veuve* englobe tout ce qu'on perd, la maison avec, tout un pan de vie. Le chagrin, je le laisse aux chanceux, moi j'ai tout perdu. Mon père en est mort. Veuve, ça compte aussi pour *papà*. Alors ça ne me dérangeait pas trop de porter le patron soûl dans la chambre de Matheo. Ni d'élever la gamine. Elle m'appelait maman lorsqu'on se promenait près du Stromboli. C'est dire si je l'aime, cette petite sauvage. Une fleur étrange qui a poussé entre les pierres et les mensonges. Je les ai entendus ces deux-là, parler d'elle comme si j'étais un meuble. Cogner la mère, pardi, il ne faut pas s'étonner qu'elle s'en aille le plus loin possible. En revanche, comment a-t-elle pu faire ça à sa fille ? L'avoir portée pendant neuf mois et filer à sa naissance ? J'ai été mère, je m'en souviens encore. Je pensais à Clara, même quand Giulia jouait avec moi. Et je l'ai gardée comme un battement de cœur, chaque minute qui m'échappe. Elle est toujours cette perle blanche laiteuse aux reflets irisés, cette obsidienne qu'aucun volcan n'a jamais recrachée. Diego n'était en rien comparable à Matheo. Mon mari avait l'apparence d'un gringalet, au corps doux et blanchâtre, mais il m'a donné Clara, et Dieu me l'a repris. Tout comme il s'est emparé de Matheo. Ce grand gaillard qui m'enfermait dans ses bras et m'a dit, un jour, que j'étais la seule femme qui comptait. Il faut croire que le Seigneur ne l'a pas cru.

Sevda

Nos vies ressemblent à ces kaléidoscopes qu'on regarde, et qui réfléchissent à l'infini, et en couleurs, la lumière extérieure. Au Strongyle, nous étions tous des inconnus en posant nos valises. Nous avons beaucoup voyagé avec Anton, mais pas une seule fois nous nous sommes autant liés avec de parfaits étrangers. En vérité, nous n'aimons pas cela, ni Anton ni moi. Ce que nous apprécions, c'est partager quelques parties de bridge ou de tennis avec un couple, de préférence sans nichée. Nos filles étant grandes aujourd'hui, je ne tiens plus à gérer, même une heure sur la plage, des enfants qui ne sont pas les miens. Anton se lie plus facilement que moi, mais il lui arrive de le regretter ensuite. Il se trouve empêtré dans des situations complexes qui le dépassent. Que les gens s'intéressent à lui n'a rien d'étonnant. En plus d'être beau, mon mari a un charisme hors norme. Et il le sait. Seulement un acte a ses conséquences. Il ne faut pas s'étonner du désastre qu'ils encourent tous à l'idolâtrer comme un dieu qu'il n'est pas. Je le suivrais bien en fin d'après-midi pour savoir où il se rend. Toujours cette odeur de gasoil et de sel, ce n'est définitivement pas une femme. Ça dure rarement plus d'une heure, probablement pour me duper. Je peux m'endormir tranquille, cela n'a rien d'une histoire torride. Je suis convaincue qu'il voit un homme. La belle affaire. Ils doivent se raconter leurs existences. Anton, surtout, narrer la sienne. L'autre acquiesce sûrement, le regarde béatement, et attend la suite. Sur le damier de cet hôtel, beaucoup de figures ont changé de place, ou ont abandonné la partie. Adieu, Ethel, Gaetano et Matheo. Thomas et Lior sont ensemble. Abigale et Guillaume aussi. Eytan et Sebastián sont repartis. Je me sens terriblement coupable vis-à-vis de Thomas. Je n'aurai pas dû réagir ainsi ni lui dire la vérité à propos d'Emilio. Je me suis bien gardée de lui avouer ce que j'en pensais. Plusieurs étés en sa compagnie à Ravello, dans cet écrin au luxe subtil, m'ont permis de mieux le cerner, et franchement de m'en méfier fortement. Et qu'Emilio soit né en Turquie n'y a rien changé. Je ne sais pas pourquoi je n'en ai pas parlé à Anton (il y a tellement de choses que je lui cache), ni manifesté la moindre antipathie à son égard. J'ai continué nos parties de tennis, déclinant le bridge pour des raisons de migraine. S'il y a bien une chose que je ne supporte pas, c'est la vulgarité, la manipulation, et l'égoïsme. Eh bien, cet homme, Emilio, semblait réunir les trois. J'ai assisté par hasard à une conversation téléphonique qu'il donnait dans le lobby de l'hôtel. Cela m'a amusée au départ, car j'imaginais une liaison quelconque, l'obligeant à s'éloigner pour un appel. En fait, il s'agissait d'une dispute. Je n'ai pas tout compris, mais il parlait d'anciens services rendus qui méritaient bien ce qu'il demandait. Disparu, l'homme raffiné, si bien élevé.

Emilio éructait dans le combiné et se fichait bien d'être épié. Je n'étais pas la seule à m'être figée. D'autres clients avaient ralenti le pas. Lorsqu'il a invoqué les représailles, sa voix s'est faite aussi tranchante qu'une lame. Un court silence a suivi, puis Emilio a souri comme seul le diable sait le faire. J'ai plaint ce pauvre Alessio qui partageait sa vie et devait tout ignorer de lui. J'ai préféré m'enfuir et ne plus rien entendre de cette conversation. Je sentais que, en restant, je risquais de mettre ma vie en danger. Aussi, quand nous avons discuté de nos vacances d'été, qu'Anton était prêt à retourner à Ravello, j'ai aussitôt suggéré le changement avec Stromboli. Anton, de toute façon, est toujours partant. Il n'est pas difficile à convaincre. Emilio Rizzo n'est pas le genre d'homme que j'aurais oublié. Il ne me semblait pas si différent de mes adversaires au Club.

Thomas

J'ai l'âge où ma mère disparaît d'un cancer. Cet âge que je n'ai pas vraiment vécu puisque j'ignorais tout de sa maladie. La terre s'est effritée sous mes pas où que j'aille. Mon père a décidé que nous étions trop jeunes mon frère et moi pour accepter pareille soumission. Si l'une de nos tantes ne s'en était pas délestée auprès de mon frère, je suppose que nous serions devenus majeurs avant de l'apprendre. Bienvenue dans la vie. Nous avons réagi tous deux différemment, une question de sensibilité sans doute. Je suis le seul à avoir haï mon père, à lui en vouloir encore quand je vais le voir par obligation morale. Il n'y a rien de réparable, on ne ramène pas les défunts d'outre-tombe. À part Lior. Mais sa mère n'était pas encore morte. Elle survivait grâce au progrès. Dans un contexte qui ne sera jamais expliqué, Lior lui a rendu l'énergie dont elle avait besoin pour quitter l'ailleurs et revenir à Stromboli, dans un lit médicalisé, à sa villa louée l'été, devenue permanente. C'est peut-être aussi pour cela que je me suis attaché à Lior. Il avait sans doute délivré sa mère, faisant ce que moi j'aurais fait pour sauver la mienne, bien avant. J'ai titubé jusqu'aux études, tout dans mon parcours me paraissait instable, fréquenté des hommes dont les addictions à la drogue ou l'alcool m'ont laissé impassible. J'avais suffisamment souffert pour que ces paradis arbitraires me tentent. J'ai souhaité fixer le passé sur mes photographies, figer l'essentiel à jamais, que le présent soit simplement le nôtre, m'échappant sans que j'en connaisse les raisons. J'ai dupliqué des femmes, des hommes, dont l'énergie m'attirait, jusqu'à ce que je rencontre Emilio assis sur son sac, regardant ailleurs, sur le quai de Valparaiso. Cet homme dont le premier réflexe aura été de se montrer face à moi, doucement jusqu'à ce que sa prunelle me fixe, vivante. Il m'a souri, m'a demandé pourquoi je prenais des photos de lui. J'ai répondu que son visage m'intéressait comme tous ceux qui exprimaient la vie. Nous avons échangé nos coordonnées. Il m'a appelé quarante-huit heures plus tard pour que je reste à Valparaiso. Son voyage d'affaire à El Quisco s'était bien déroulé, il venait de prendre le bateau dans le sens inverse, il aurait souhaité en profiter pour voir cette ville portuaire et que je l'emmène vers ces funiculaires à flanc de falaises, en longeant ces maisons perchées et colorées qu'on suit le long de la montée. Finalement, nous n'avons pas cessé de voyager ensemble. Il travaillait comme comptable. Il a hérité d'un de ses oncles. Il m'offrait le monde. Je l'aimais, lui et sa folie. Je sentais parfois que chacun de ces nombreux voyages ressemblait au premier. Qu'il y aurait toujours des sommets, des falaises, des pentes abrupts, des maisons colorées, ou des chalets égarés en pleine nature sur des montagnes qui me faisaient penser à celles du Vercors quand je vais rendre visite à mon père, massifs des Bauges, du Chablais, du Giffre, une ritournelle de sensations déjà vécues qui tournait face à l'objectif, des milliers de photographies comme une invasion de papillons, de clichés s'envolant jusqu'au ciel, se noyant dans le gris des nuages, dans l'infini bleu, joyeuses images jamais montrées, soigneusement classées et rangées dans mon ordinateur. Emilio m'a permis tous ces voyages. L'héritage de ma mère n'aurait pas suffi. Je n'ai rien demandé. Les voyages passionnaient Emilio. Tout comme l'histoire. Je devrais me contenter de cela, oublier les mensonges. Cette nage, à Stromboli, un jour d'orage, je la lui avais déconseillée. Mais Emilio n'écoutait que lui. Sa fuite était planifiée, comme me le rappellent ses méthodes organisées, pointilleuses, et précises. Ses crayons rangés par ordre de taille. Les T-shirts qu'il aimait toujours en cinq exemplaires. Rien n'était laissé au hasard, même si Emilio restait totalement imprévisible. Je n'ai rien vu venir. Je m'en veux. J'ai l'âge où ma mère est morte d'un cancer, l'âge où Lior a sauvé la sienne. Nos vingt ans de différence n'y changeront rien. Je veux faire ma vie avec lui, et me détacher à jamais d'Emilio.

Tom

J'ai promis à Gris de ne rien dire. Ce soir-là, je ne parvenais pas à m'endormir. Je me suis glissé dehors, pieds nus sur le patio, et j'ai vu l'infirmière pousser Matheo dans la chaise roulante de la vieille. La tête du géant pendait sur le côté, comme une guimauve. Je me suis caché derrière une énorme jarre d'où surgissait des bougainvilliers blancs et j'ai observé à travers les branches. Elle détenait une sacrée force, la dame, pour hisser pareil colosse et le transférer sur la chaise. Elle a déposé un verre de whisky et l'a laissé avachi sur son trône, la tête en arrière, ses yeux grands ouverts fixant les étoiles. J'ai trouvé curieux qu'elle abandonne avec ses gants ce verre de whisky que personne n'allait boire, à moins qu'une colonie de fourmis ne se décide à envahir ce jardin intérieur. Je n'y connais rien aux morts, mais Matheo ne semblait pas en forme. J'ai aussitôt appelé mon frère aîné, comme chaque fois que je suis perdu. Gris est apparu derrière un imposant cactus, comme s'il avait passé sa soirée à m'épier. Il m'a dit que Matheo était un salaud et qu'il méritait bien son sort. Il ne fallait pas en parler à qui que ce soit. Je me suis demandé comment Gris pouvait en savoir autant. Mais avec Gris, mieux vaut ne pas chercher la logique. Il en est totalement dépourvu. Il est aussi très intransigeant sur certains domaines. L'école, par exemple. Pas question de sécher un cours et d'aller se promener au parc, sinon Gris voit rouge. Il est capable de me punir jusqu'à ce que je rebrousse chemin. C'est comme le désordre, il ne supporte pas. Maman s'étonne toujours que nos chambres à tous les trois soient aussi bien rangées, ce qui fait la fierté de papa aussi. Gris ne nous lâche pas tant qu'un jouet déborde du panier. Ce qui ne l'empêche pas de nous faire des farces dès qu'on est en famille. Il se rend invisible. Seuls Louise, Corentin et moi savons qu'il est là, tandis qu'une plume se met à voler dans la pièce et que personne ne réussit à l'attraper. Les vacances sont finies. Nous reprenons le bateau pour Naples dès demain matin. Je rapporte tout de même un petit bout de ce volcan que j'ai bien enfoui dans ma trousse. Papa et maman règlent leur note à la réception de l'hôtel, tandis que Louise, Corentin, et moi jouons au ballon avec Gris à la piscine. Chaque fois qu'on ne l'attrape pas, il faut aller dans l'eau. Si ça continue, Corentin va se noyer, il est trop petit pour le saisir. Et dès qu'il y arrive, le ballon s'écrase dans sa figure. Il aurait bien envie de pleurer mais il ne le fait pas à cause de Gris qui n'aime pas ça. Je soupçonne Gris de louper ses passes pour ne pas nous obliger à retourner à l'eau. La fin de l'été est aussi le moment où il va nous manquer, s'évanouir jusqu'à l'hiver sans jamais nous révéler ce qu'il fait loin de nous. Louise imagine qu'il nous surveille quand même avec une longue-vue magique dont il peut se servir où qu'il soit. Corentin ne pense pas, il est encore trop petit. Moi, je sais qu'il devient ours pour toute une saison. Il se réfugie dans les bois, se frotte le dos contre les arbres, et rugit parfois pour faire fuir les touristes. Il se nourrit de miel qu'il chaparde aux abeilles et pêche le saumon qui remonte le courant des rivières, avec sa patte. Il dort la nuit au pied d'un arbre moussu et réfléchit à nous, aux bonnes blagues qu'il nous fera quand il nous apparaîtra dans le parc, bras et jambes étendus dans la neige, battant de ses ailes et nous invitant à le rejoindre. Je regrette parfois que maman ne connaisse pas son fils aîné. Mais Gris me l'a juré, elle en mourrait. Certaines blagues sont à éviter. De toute façon, les adultes n'aiment pas trop la magie. Pour eux, rien n'existe sans explication, ce qui prouve qu'ils sont loin d'être prêts.

Anton

Brune, mon amour d'enfance, que j'ai retrouvée récemment, aime bien la signification des prénoms. En langue germanique, le sien veut dire *bouclier* ou *armure*. C'est vrai qu'elle a toujours su se défendre. Même de Sevda, ce qui relève d'une certaine sagesse. Le mien, Anton, a pour origine le patronyme grec Anthonomos, autrement dit *celui qui se nourrit de fleurs*. C'est aussi la forme germanique d'Antoine. Je sais que ma mère me l'a attribué à cause des œuvres théâtrales de Tchekhov qu'elle appréciait. J'ai longtemps cherché ce qu'exprimait *celui qui se nourrit des fleurs*, et toutes les explications que j'ai trouvées me conviennent. L'appel de la nature, la légèreté, l'appétence au désir, doublés d'une appartenance grecque et germanique font de moi un homme troublé par les apparences. Si j'ai une préférence pour le corps des femmes, plus voluptueux et charnel, celui des hommes m'intrigue par leur rigueur et leur charpente. Je ne suis guère attiré par les maigrelets, ou les ventrus, même si je suis prêt à les aider dans leur quête du bonheur.

Nous allons bientôt rentrer à Istanbul avec Sevda, je viens de me séparer de Marco. Il s'y attendait. Les touristes s'attardent rarement. Je lui ai fait l'amour une dernière fois, au large de Stromboli, dans cette barque qui manque cruellement de confort. J'ai loué sa barque pour dix ans. Je sais, je n'aurais pas dû. Il ne m'a rien demandé d'ailleurs. Je n'ai pas cherché à le posséder davantage, mais à l'élever. Tous ceux qui transitent par Stromboli, dans sa barque, ne le voient que comme un passeur. Il est bien plus. Son organisme est encore jeune et robuste. Ses cuisses larges et épaisses. Ses pieds nus : je ne les ai jamais vus chaussés. Ses gros orteils sont presque difformes, les ongles striés et coupés à plusieurs endroits. Ses mains sont caleuses et creusées de sillons enchevêtrés. Sevda s'en donnerait à cœur joie avec de pareilles paluches. Sa bouche est gourmande, ses dents blanches, sa langue est un fruit juteux. Son nez est fin, son front très haut, ses cheveux bruns aussi en désordre que les miens. Son air est un peu triste, mais sa prunelle ne vous lâche pas. Ses poils se dessinent sur ses bras, ses jambes, son torse, en un tissu soyeux. J'ai apprécié ces fins d'après-midi avec lui, dérivant parfois en pleine mer, sans voir une seule voile, respirer sa bouche ou sa chair mate, emmêlant nos cheveux, la sueur, genoux à fond de cale, arcboutés sur la seule planche de sa barque, cherchant ce plaisir subtil, retardant l'instant de ce cri rauque, le déchirement de nos corps tendus à l'extrême, se relâchant enfin dans un tremblement quasi compulsif. J'ai apprécié aussi nos retours, lui dirigeant le moteur, jambes écartées, pieds larges calés dans un roulis d'eau salée, ne me lâchant pas de son regard, souriant parfois. Moi à l'opposé, son odeur sur moi, un peu fade, brute, sans eau de toilette, un parfum d'homme. Et le soir, entre les bras de Sevda à lui dire combien je l'aime, comme si Marco et tous les autres n'avaient jamais existé. Le monde est trop vaste. Je ne pourrais jamais me contenter d'une seule femme, quand tant m'attirent, et que les hommes descendent les rues, mains dans les poches, le nez en l'air à humer le temps, ou ceux qui se penchent plus haut de leur balcon, ne portant qu'un caleçon sur eux. Je n'ai pas à me justifier ou à m'excuser auprès de Sevda. J'en ai fait ma femme, la mère de mes trois filles. Ce n'est pas rien pour moi. Je n'ai jamais souhaité la quitter, même avec Brune. J'ai simplement envie d'explorer le monde, les femmes comme les hommes, que nos sensibilités se rejoignent, une sorte de parenthèse pour satisfaire ma quête, mes désirs et que la vie, enfin, prenne un sens.

Giulia

J'ai dit oui à Finn O'Brien. J'attendais un je-ne-sais-quoi. Je suppose que l'existence de ma mère a tout balayé. J'ai souhaité la tempête, un orage, que le volcan éructe encore et aboie comme un chien de mer. Puis j'ai eu envie de Finn. Ce drôle de faune bondissant tout autour de moi s'est fait plus léger qu'une plume, me portant dans ses bras jusqu'à sa chambre minuscule au-dessus du garage à bateaux, sur un lit d'une place avec tout autour des sacs en plastique empilés pour y ranger ses vêtements. Une fois sur ce sommier, il ne nous restait plus qu'à nous aimer. Je n'en menais pas large. La première fois, on redoute jusqu'à la panique. Finn a soulevé plusieurs sacs avant de trouver une enceinte qui, connectée à son portable, a craché des airs de *Simple Minds*. Je me suis fait l'effet d'une simple d'esprit entre ses bras, me retenant de ne pas tomber amoureuse, même si je l'étais déjà. Je l'ai laissé défaire mon soutien-gorge, ses doigts experts ont fait sauter la pression en un rien de temps. Ça m'a rassurée que je ne sois pas la première. Un gars comme Finn qui a traversé les mers depuis la Nouvelle-Zélande doit bien avoir une fiancée dans chaque port. Je serai celle de Stromboli, celle qui saute dans l'eau noire pour le rejoindre, celle qui bondit comme un ballon sur le ponton en riant, essayant vainement de le suivre. Ce garçon a dû naître avec des ressorts à la place des os. Il ne cesse de s'élever dans les airs et de me surprendre. Ses caresses sont si douces que je m'endormirais. Sa bouche est exigeante. Elle a léché longuement mon sein, mordu légèrement le téton, et s'en va lentement sur la mienne, entrouverte, espérant ses lèvres, et sa langue, ce dard qui farfouille ma bouche et n'en laisse pas une miette. Sa main est descendue plus bas, je sais très bien où elle va. J'ai dit oui, ce n'est pas le moment de l'arrêter dans son élan. De toute façon elle est attendue. J'ai arrêté de penser depuis que ce faune m'a possédée. J'ai senti la sève monter à l'arbre et le plaisir cavaler en moi comme des milliers de petites fourmis qui m'ont engourdie jusqu'à l'extrémité de mes doigts. Puis le barrage a cédé, l'eau m'a submergée. La transpiration exsudée par nos corps, jouant ensemble, je me suis finalement cambrée lorsque Finn a crié, car moi, je l'ai fait encore plus fort. Tant pis si j'ai réveillé tout Stromboli et en particulier les pensionnaires au-dessus de ce garage. Je ne suis pas rentrée de la nuit. Sortir des bras de Finn me semblait au-dessus de mes forces. Je suis restée sur lui, à compter ses oreilles, son nez, ses lèvres et tous les sentiments qui passaient par ses yeux bleus quand il s'attardait sur moi. Il avait tremblé pendant l'amour. Je le voyais maintenant s'amarrer à moi, jeter l'ancre dans mon regard, cet air toujours un peu inquiet et rieur à la fois. Rira bien qui rira le dernier. Je me suis endormie sur sa peau, un lit d'eau gargouillant.

Au petit matin, je l'ai quitté sur un thé froid, thermos et récipient dissimulés sous les sacs en plastique, et je suis rentrée au Strongyle. Papa me guettait, au patio, et je me suis assise face à lui. J'ai dit qu'il fallait engager Finn, car nous manquions de commis. Certaines chambres demeuraient inoccupées, jusqu'à la fin de l'été. Autant que Finn s'installe dans l'une d'entre elles. Je savais que mon père ne pouvait dire non. Comme sauter du ponton avec son costume : il l'aurait fait aussi. Mais je n'avais aucun désir de revanche. Je le voulais tout aussi heureux que moi, maintenant qu'Abigale s'installait, et Finn pour moi. Je me doutais bien qu'un jour ce faune aurait envie de voguer vers d'autres îles, mais là, il est à moi, tout comme l'Américaine pour mon père. Elle renonçait à Paris pour lui. Il ne pouvait plus prétendre à être veuf, mais encore marié à ma mère. Abigale ne serait pas ma belle-mère avant un moment, le temps que la disparition soit abandonnée et classée dans un registre. Je ne souhaite pas spécialement la retrouver, pas plus qu'elle ne l'a fait avec moi. Finn devrait me suffire, tant qu'il restera avec moi. J'ai toujours ce carton de photos dans ma chambre si, avec les années, je veux me souvenir d'elle.

Abigale

Eytan m'a demandé de rentrer. Je sais bien qu'il me veut encore à lui, entre deux voyages avec Aysuda. J'étais la maîtresse parfaite. Celle qui ne se plaint jamais, prend le meilleur des hommes mariés, et leur laisse leurs petites femmes dévouées qui ne s'imaginent pas trompées. Celle qui rit lorsqu'une autre se plaint. Celle qui attend. Celle qui voit les saisons défiler sans pleurer. Celle qui pense que s'il n'appelle pas, c'est qu'il va bien. Celle qui relie ses messages toutes les cinq minutes en plantant une grande cuillère dans le pot à glace qui, lui, répond présent. Je lui ai dit qu'il aille se faire voir, lui et son épouse. Je n'avais ni l'intention de revenir à Paris, et encore moins de le revoir. Quelle lettre ne comprenait-il pas dans le mot *fini* ? Je souhaite seulement vivre une nouvelle existence, loin de lui, de mes habitudes. J'ai dû raccrocher dès qu'Eytan a incendié mon Guillaume. On ne choisit pas toujours les hommes qu'on aime. Peu m'ont donné envie de tout recommencer. Un nouveau pays, un nouvel emploi, un homme en prime. Ce n'est pas rien pour une fille comme moi qui a déjà fui son pays d'origine et ses parents. Il est facile de juger autrui, sans regarder ce qu'on a fait soi-même, ce dont on est capable. Guillaume a changé, j'en suis la preuve, du moins une part d'elle. C'est difficile de pardonner à un homme d'avoir été violent dans une ancienne vie. La première réaction est de fuir, la seconde de réfléchir. Je ne crois pas à cette théorie qui souligne la récidive obligatoire. C'est mal connaître la force et la volonté de certains. Un drogué, un alcoolique, au prix d'efforts surhumains, en étant bien entourés et soignés, peuvent s'en sortir. Tous n'auront pas cette chance. Mais je préfère m'attacher au faible pourcentage de ceux qui terrassent l'addiction. La violence est un peu à part, je l'avoue. Mais elle suit la même réflexion. Guillaume a réussi à se sevrer et à devenir un homme apaisé. Quand il se met en colère, cela lui arrive, ses poings restent le long du corps. Jamais je n'ai eu peur de lui. J'ai réagi en l'apprenant avec une certaine méfiance, mais j'ai pu parler avec lui depuis. Et avec Giulia. Bientôt quinze ans qu'il n'a frappé personne. Va mourir, Eytan. Tu n'as rien compris à la nature humaine, trop préoccupé par ton petit plaisir que tu pilotes d'où que tu sois. Oui, je suis tombée amoureuse de Guillaume de la Salle, de cette île enivrante que je veux prendre le temps de mieux apprivoiser. Je veux le sel de Stromboli, sa part âpre, ses chemins rocailleux à peine tracés, ses murs blancs si lumineux qu'ils aveuglent, ses églises démesurées même si je ne prie plus depuis mon enfance, diriger le Strongyle avec Guillaume, puisque c'est ce qu'il m'a proposé après la mort de Matheo. Je ne tiens plus en place déjà tandis qu'il me montre chaque recoin de cet hôtel, ses désirs de travaux, ce grain de mer qui ravage toutes les installations, les différentes agences de réservations où il reste à inscrire le Strongyle, ces voyages que je dois faire à Palerme, Syracuse, Naples, et d'autres villes encore pour promouvoir l'hôtel. J'ai quelques idées, mais j'attends avant d'en parler à Giulia. Je sais que, si elle les apprécie, Guillaume aussi le fera. Finn O'Brien est un excellent commis, mais quand la montagne va rouvrir, je pense qu'il fera un guide extra pour l'hôtel. Giulia m'a sauté au cou. Elle avait envie que nous marchions ensemble. Nous sommes allées jusqu'à Ginostra qui a, depuis l'éruption du volcan, effacé la cendre qui la recouvrait entièrement. Cette poussière qui tournoie comme une pluie de flocons tièdes, tel un bal déchu du ciel, s'effritant entre les doigts, avant de se dissoudre dans l'atmosphère. Nous sommes juste un peu plus durables dans le temps. Ici, les sentiers sont abrupts, la terre est glissante, la vue est toujours aussi belle. Une large étendue bleue qui s'étire, paresseuse, tandis que nos pas habitués foulent le sol ocre, en évitant les chardons et les cactus géants aux mains plates couvertes d'épines.

Emilio

Le passé n'a pas cessé de me rattraper. On ne quitte pas la mafia, surtout après de longues années de services. Autant signer son arrêt de mort. Je suis comptable pour les frères Balsimo. Cela consiste essentiellement à maquiller des comptes et les rendre présentables. À transporter des mallettes d'un point A à un point B, sans rien demander. Jc suis plutôt méthodique, calme en apparence, souriant s'il le faut. J'adore les chiffres. J'ai plu aussitôt aux frères Balsimo. Ils m'ont envoyé un peu partout, là où ils avaient des affaires, de Paris à Rome, jusqu'au Chili où j'ai rencontré Thomas Hohenberger, sur le quai de Valparaiso. J'ai vécu dix ans avec ce photographe talentueux que je me suis bien gardé de présenter à la famille Balsimo. Je l'ai protégé, d'une certaine manière. J'aurais bien tourné la page, avec tout cet argent que j'ai gagné. À force de transporter de l'argent sale, d'ailleurs, on finit par en garder pour soi. J'ai même fait croire à Thomas que je venais d'hériter d'un oncle lointain pour qu'il ne s'étonne pas de notre train dc vie. J'aime trop les belles choses pour dire non. Grâce à cet argent détourné, j'ai pu m'offrir une petite maison à Ravello, où nous avons passé des étés délicieux, Thomas et moi. Même si j'ai dû percer plusieurs canalisations pour créer l'inondation et fuir avec Thomas à Stromboli. Je fais juste danser les chiffres dans des colonnes où les montants varient. Impossible d'y déceler ma malveillance. Je transporte des mallettes aussi, mais je sais me taire. Je n'ai eu aucun mal à cacher ma double vie à Thomas. Ma famille a été entièrement décimée entre la guerre, la maladie, et les accidents de la route. Je tiens à survivre. Je suis un homme fidèle. Je ne cherche pas les complications. J'en ai suffisamment avec les frères Balsimo qui ont découvert mes malversations. Ma façon de dépenser m'a trahi. Je ne donne pas cher de mon existence, ni de ceux qui m'apprécient. Pour le moment, je les tiens par leurs comptes que je suis le seul à déchiffrer. Ce n'est pas dans leur intérêt de me buter. L'un d'entre eux a menacé d'exécuter Thomas, si je cherchais seulement à m'enfuir. Je me suis dit qu'il fallait repartir de zéro. Quitter Thomas, c'était aussi le mettre en sécurité. Et moi, bien évidemment.

Quand on travaille pour la mafia, on se fait toutes sortes de relations utiles le jour où vous voulez changer d'identité. J'ai gardé mon prénom, je l'aime bien, je m'y suis habitué avec les années. J'ai changé Greco pour Rizzo. J'ai récupéré l'argent dissimulé chez moi, un matin où Thomas était absent. Je l'ai déposé chez le marin qui devait me retrouver au large. J'ai choisi un jour d'orage pour m'éloigner à la nage. Le bateau m'attendait assez loin, suffisamment pour que personne ne nous remarque. Je suis un excellent nageur, le portefeuille zippé dans une poche plastifiée, je n'ai eu aucun mal à monter à bord où j'ai récupéré une tenue de rechange. J'ai pris le premier avion pour Montréal avec mon nouveau passeport au nom de Rizzo. Je suis resté suffisamment de temps pour que les frères Balsimo se calment et me croient mort. Mais ces mafieux sont très susceptibles. Ils détestent les coups bas. J'en sais quelque chose. Ils ont réussi à me repérer à Ravello où je suis retourné par sentimentalisme. Un hôtel extrêmement raffiné. Ce coup de fil, donné depuis le lobby, n'est pas passé inaperçu. Il est remonté jusqu'à la famille Balsimo. Je n'ai subi aucune chirurgie. Une erreur, je l'avoue. Il ne faut jamais sous-estimer les tueurs siciliens. Ils viennent de buter mon mari, Alessio, avant de le balancer dans un coffre de voiture. Ça aurait pu être Thomas. Je n'aurais jamais dû épouser ce pianiste par dépit. J'ai causé sa perte.

Ils m'ont enterré vivant dans un cercueil, avant de me faire disparaître sous des pelletées de terre. Je ne sais pas comment ils vont relire leurs comptes sans moi. Je respire de plus en plus difficilement, et je doute qu'une âme secourable me sauve maintenant. Personne ne sait que je suis là. J'ai cru être plus malin que les frères Balsimo. J'ai commis une faute qui va me coûter la vie. Personne n'est indispensable. Au moins, j'ai sauvé Thomas. Une fois là-haut, j'espère que ça comptera.

Giulia

Je suis la mère de Giulia. Il ne faut pas me juger pas trop vite. Du moment même où j'ai pris la décision de fuir Guillaume, plus rien ne m'en aurait empêchée, même pas sa fille. Ce salaud m'a pété deux côtes, ouvert la lèvre, et je me tais sur toutes les blessures qu'il m'a infligées au long de ces longues années où je pensais être en partie responsable de sa violence, à l'attendre bien sagement, en apprenant des recettes de cuisine qui ne manqueraient pas de lui plaire. Quelle cruche j'ai été de croire que cela venait de moi, tout autocentrée sur ma petite personne. Mais quand je me suis retrouvée à l'hôpital, et que nous avons su ensemble que j'attendais un enfant, je n'aurais pas été surprise qu'un tremblement de terre nous engloutisse aussitôt. Je ne souhaitais plus rien de lui. C'était trop tard. La cruche s'était brisée en mille éclats. Je ne voulais pas de sa fille. Je me serais enfoncé des aiguilles à tricoter. Je l'ai gardée, pour qu'il se rappelle chaque jour du mal qu'il m'avait fait endurer. Le plan a commencé à germer comme une mauvaise graine dans ma tête. Il me fallait endormir sa méfiance. J'ai porté sa fille neuf mois, jusqu'à cette mission qui l'a éloigné de moi. Je ne pouvais imaginer un minutage aussi parfait. Je n'ai ni regardé, ni pris ce bébé à sa naissance entre mes bras. Les infirmières sont sorties de ma chambre avec des airs de consternation. Je me fichais bien de leur morale. La haine que j'éprouvais à l'égard de mon mari me semblait si puissante que rien n'aurait pu entraver ma fuite. Dès que je me suis sentie suffisamment forte, je me suis habillée et j'ai refermé la porte de cette chambre sans un coup d'œil pour sa fille. Elle n'existait pas. C'était sa môme, pas la mienne. Je lui avais donné neuf mois de ma vie. C'était largement suffisant. J'ai cessé de voir mes amies. Elles auraient certainement pensé que je méritais ces coups. J'ai pris un billet de train pour Évreux, en Normandie, où mon père m'emmenait petite, à cause d'un vague cousin, enterré depuis. Qui viendrait me chercher ici ? Je suis descendue dans un hôtel quelconque où personne ne m'a remarquée. J'ai détruit mes cartes de crédit et autres. J'ai dit adieu à mes longs cheveux blonds, je les ai teints en brun foncé, coupés à la garçonne. J'ai attendu dans ce trou plus d'un mois sans rien faire, à lorgner la télévision sans y prêter réellement attention, le plafond au-dessus de mon lit où le papier peint se décollait par endroits, et à ruminer sur ces années perdues. J'avais retiré suffisamment de liquide sur le compte commun pour survivre un long moment. Étant donné sa provenance, je doutais même que Guillaume ose le signaler. D'une cabine, j'ai appelé mes parents que je n'ai eu aucun mal à convaincre, ils n'ont jamais aimé mon mari. Le virement a été envoyé à Panarea, à Yannis, un ami de mon père. Une bonne part de l'héritage qu'ils m'offraient en avance. Eux devaient se contenter de dire que je ne donnais aucun signe de vie et vendre leur hôtel à cet abruti. Je ne comptais pas réapparaître avant longtemps. Et je venais de leur prendre presque toutes leurs économies. Ils ont dû être surpris d'entendre parler de sa fille. Je m'étais bien gardée de le leur révéler. Avec l'argent, j'ai disparu à Budapest, dans une clinique où je me suis fait rehausser les pommettes, ce qui me donne un air plus dur, et j'ai changé mes beaux yeux bleus pour un marron noisette qui m'a donné un visage plus banal. Un vrai courant d'air. Je savais qu'il ne fallait pas retourner à Paris. Mes parents avant de mourir m'avaient prévenue des nombreuses recherches que Guillaume effectuait à mon encontre. Mais me chercherait-il si près de lui, dans les îles Éoliennes ? Je me suis installée à Lipari, dans une maison toute simple au milieu des terres, où personne ne viendrait jamais. J'ai contacté Yannis, ce marin à Panarea, qui m'a refait des papiers d'identité au nom de *Clara Bariani* et m'a rendu l'héritage dans un sac de voyage élimé. Il m'arrive de m'observer dans un miroir et de répéter à voix haute, plus d'une vingtaine de fois, cette nouvelle identité sans y croire encore. Les rares commerçants qui me connaissent me prennent pour une folle. Je n'essaie même pas de les en dissuader. Il faut dire que j'hésite des heures à la caisse entre deux produits sans me soucier de ceux qui patientent derrière moi. Je mène une vie recluse, à lire, à dormir. Je viens de passer quinze années de solitude complète. Je vais parfois sur la tombe de mes parents. Je n'y dépose aucune fleur. Je vérifie que personne ne m'observe. Si quelque chose me gêne, une silhouette, un attroupement, je m'en retourne à Lipari. La haine finit par s'estomper avec les années. On s'en fait une alliée, puis elle vous quitte à reculons. Je sais me fondre dans la foule et le paysage comme personne. J'ai choisi les îles Éoliennes car j'y ai aussi mes plus beaux souvenirs d'enfance, tandis que mes parents dirigeaient encore le Strongyle. Je n'ai pas pu m'empêcher de retourner à Stromboli. Par bravade. Par curiosité. Peut-être pour l'apercevoir, elle. Je sais que Guillaume et Matheo y ont fait d'importants travaux. Je ne m'y suis pas risquée. Je ne ressens plus rien vis-à-vis de cet homme. Je l'ai vu se promener dans les ruelles de Stromboli avec une blonde, une Américaine, à son accent. Je me suis suffisamment approchée d'eux pour entendre ce qu'ils se disaient. Il s'est retourné d'ailleurs, m'a souri, sans m'identifier. J'ai eu une de ces frousses ! Ils sont ensemble, c'est ça. Et j'ai aperçu sa fille, face à moi, les héler d'un commerce. Elle faisait de grands signes, se grandissant sur ses orteils, sa chevelure blonde balayée par le vent sicilien. Moi, à son âge. J'ai failli crier, je me suis bâillonné la bouche, m'éloignant d'elle pour ne pas m'évanouir. J'ai fini par oublier la blondeur des blés. Je porte souvent des panamas qui me permettent de voir sans être vue. Giulia, c'est ainsi que ce garçon la nommait, je n'en revenais pas, mon ancien prénom, sautant autour d'elle, la prenant par la taille, si près de moi que j'aurais pu les toucher l'un l'autre. Je m'en suis bien gardée. J'ai continué de la suivre, prenant mille précautions qui jusque-là m'ont épargnée. J'aurais pu l'aborder. Je ne savais pas ce que son père lui avait raconté sur moi. Probablement le pire. Je ne ressentais aucune envie de les séparer, ni d'entrer par effraction. Il me faudrait du temps à moi aussi pour m'y faire. Je peux rester dans ma maison isolée, des semaines, sans en bouger. Je m'habitue au silence depuis la mort de mes parents. Il n'est pas question que je continue à me parler toute seule, à crier *Clara Bariani* dans le miroir. Pour me nourrir, des fruits suffisent amplement, des pâtes parfois. Cette vie d'avant qui n'est plus. Je ne regrette pas Guillaume. Sa violence résonne aujourd'hui comme les cloches d'un village lointain. Mais j'ai du temps à rattraper avec ma fille. Il me tarde de l'appeler par son prénom, à voix haute, un jour ou l'autre.

Giulia

Papa et Finn repeignent le patio et les murs extérieurs des chambres. Finn n'a pas pu s'empêcher de balayer le front de papa avec son pinceau. Papa ne s'est pas laissé faire et lui a ajouté une barbe blanche. Ces deux-là se chamaillent sans cesse. L'automne est là, doux comme le chiot que m'a offert Finn, un beagle que j'ai baptisé Strongylc. L'hôtel s'est vidé. Les températures restent clémentes, les pluies sont plus fréquentes. Abigale est retournée en France, rendre son appartement parisien et récupérer quelques vêtements. Ses meubles arriveront par bateau. Sa fraîcheur nous manque, surtout à papa qui ne cesse de regarder sa montre comme si les jours qui les séparent pouvaient raccourcir. Thomas est reparti à Berlin, afin d'organiser son emménagement avec Lior, à Lipari, où ils ont acheté une petite maison de pêcheur. Je suis si heureuse de les savoir bientôt si proches de nous. Le volcan est toujours fermé et le sera probablement jusqu'au printemps l'année prochaine. L'île s'est vidée à la vitesse d'une cuillère dans un yaourt au miel. Certains Strombolani retournent à Milazzo sur la côte nord-est de la Sicile, une ville de la province italienne de Messine, facilement accessible depuis le port. D'autres préfèrent Salina, Lipari ou des villes différentes en Sicile. Enfin les plus ancrés restent, un peu comme nous, et traversent l'hiver sans appréhension. Les degrés chutent, certes, il pleut enfin, mon potager en a besoin, mais le climat demeure délicat, protégé du continent. Je porte aujourd'hui la petite robe blanche que m'a offerte Abigale au cours de l'été. Je me balade avec Strongyle et ses pattes d'ours qui m'impressionnent déjà à son âge. Il se dirige à sa manière, me jette un œil, et fait quelques bonds de joie pour manifester son bonheur de vivre. Puis il s'assoit, se gratte le menton avec sa patte et repart dans le sens inverse. C'est à ce moment-là que j'entends *Giulia*. Une voix de femme, comme un murmure. Puis une deuxième fois, beaucoup plus fort, comme jailli du ventre de Stromboli. Jamais je n'ai saisi aussi clairement mon prénom, comme si chaque lettre avait été détachée l'une de l'autre avant d'être prononcée. Je fais volte-face. Une femme dissimulée par un panama rabattu me fait face. Je blêmis. Je reconnais cet abri. Je l'ai vu sur plusieurs photos. Je ne dis rien. Strongyle tire sur la laisse. Il aimerait bien lui souhaiter la bienvenue. Moi, non. Je sais que c'est elle. Tout mon sang s'est figé, mon corps fourmille, je souhaiterais me dissoudre en poussière dans l'atmosphère comme de la cendre. Elle enlève son chapeau. Ses cheveux sont aussi dorés que les miens. Elle les rehausse machinalement d'une main.

— Tu aimes ? me dit-elle. Ils étaient bruns depuis ta naissance. J'ai eu envie de les porter blonds à nouveau.

Aucun mot ne veut sortir de ma bouche. J'appellerais bien Finn ou papa au secours. Mais ces lettres se refusent à moi, comme si ma langue engourdie faisait barrage. Le temps n'a pas épargné ma mère. Les rides se sont emparées de son front, elles y dessinent des routes dont j'ignore tout. Elles ont l'air plus périlleuses que ces sentiers qui bordent le volcan. Ses yeux sont tristes, à moins qu'ils n'aient peur de moi. Strongyle s'est allongé, et prend ses aises. Il a compris que je n'allais pas partir comme ça. Avant de savoir. Mais toutes les questions s'embrouillent dans ma tête, je ne sais pas par laquelle je vais commencer. Je décide de quelques pas en avant, pour être à sa hauteur. Elle est un peu plus grande que moi. Elle cligne des yeux sous le soleil mais ne me quitte pas du regard. Elle doit me voir apparaître et disparaître comme je l'ai ressenti en pensée depuis que je suis née.

— Comme ni toi ni moi ne savons nous y prendre, me dit-elle encore, je te serrerais bien dans mes bras, si tu veux bien ?

Je n'ai qu'un pas à faire pour cela. Ses bras s'ouvrent, et j'imagine la chenille qui devient papillon. Je sais si peu d'elle. Je sens son ventre me coller, ses bras se refermer sur moi. Je suis toujours aussi raide. Aussi quand je sens cette petite larme s'échapper de mon œil, et qu'une fissure entière me traverse le corps, je comprends qu'il est temps que je m'abandonne à elle, que je la serre à mon tour et que je renifle ailleurs que son épaule. Cela fait trop longtemps que j'attends cet instant. Elle aussi pleure. Elles sont si épaisses, ses larmes, qu'on dirait des fragments d'obsidienne. On reste ainsi, sans bouger, face à l'Ossidiana qui empile ses chaises avant de fermer. Je sais que je vis un moment de grâce. Strongyle s'est hissé sur ses pattes et fait des bonds tout autour de nous. L'émotion m'a fait abandonner sa laisse. J'ai tant à demander à Giulia. Je sais maintenant que j'en ai l'opportunité. Elle ne serait pas venue jusqu'ici, à Stromboli, sinon. Je n'ai plus à craindre ses réponses. Je n'ai plus à redouter quoi que ce soit d'ailleurs. Le ciel n'a jamais été aussi bleu au-dessus de moi. Un bleu Klein. L'avenir, à cette hauteur-là, me paraît prometteur. Tandis que mon regard redescend lentement dans la lumière, j'aperçois Finn, à distance, l'air mi-amusé, mi-intrigué, Strongyle couché à ses pieds. Il ne sait pas encore que Giulia n'est autre que maman.

Note de l'auteur

Quatre ans et deux voyages à Stromboli auront été nécessaires pour écrire ce roman. Je remercie mes éditeurs d'origine Thierry Billard et Grégory Berthier-Saudrais de m'avoir permis de réaliser un des deux voyages sur cette île Éolienne et de ne pas m'avoir mis la moindre pression ensuite. D'autres livres ont surgi, sans que l'idée même de celui-là m'abandonne. Je me suis abonné sur les réseaux à tout ce qui touche de près ou de loin à Stromboli, chaque image m'a ramené à ce roman différent dans sa construction, ses nombreux personnages, à commencer par le principal, l'île de Stromboli. J'y ai connu une famille sicilienne, un historien, plusieurs guides sans qui ce livre n'aurait peut-être pas eu la même saveur. J'ai arpenté chaque sentier, jusqu'au volcan, pour que mes personnages me suivent à la trace. J'ai pris beaucoup de notes, croisé un vulcanologue à Limoges qui m'a expliqué le fonctionnement interne du volcan, parcouru Internet en imprimant des centaines d'articles utiles, souvent des histoires vécues dont je me suis aussi inspiré. Je dois faire partie du faible pourcentage pour qui l'ascension du cratère a été une épreuve et, sans une guide qui a décidé de poursuivre avec moi, j'aurais volontiers opéré un demi-tour. J'ai compris cette nuit-là ce que *dépasser ses limites* voulait dire. Je terminerai par cette étrange obsession que

Stromboli a exercée sur moi pendant ces quatre années d'écriture, et quelques mois d'infidélité à mes éditeurs. J'espère que tous ceux qui ont eu la chance d'y aller, ou même les Strombolani eux-mêmes, si le livre est traduit en italien, se reconnaîtront dans cette île rugueuse et accueillante, fascinante par son histoire, menaçante par sa montagne qui ne cesse de défrayer les chroniques ces derniers étés. Je tiens à remercier mon mari, Laurent Clerget, qui m'a permis d'écrire et de finir ce roman en Crète, en se chargeant de tout le reste. Ce n'est pas rien. À la famille Dieupart qui nous accueille chaque été à Almyrida sans qui ce livre n'aurait pas eu la même teneur. Et Didier Gaillard-Hohlweg qui a donné vie à quelques personnages de *La lumière est à moi* (Gallimard-Haute Enfance) et donc à ce roman. Au fait, Le Strongyle Hôtel n'existe pas, je l'ai « construit » à la place même de la maison appartenant à la famille sicilienne rencontrée sur l'île où se trouve encore l'arbre malade aux épines.

Pour en savoir plus
sur les Éditions Plon
(catalogue, auteurs, vidéos, actualités…),
vous pouvez consulter
www.plon.fr
www.lisez.com
lisez!
et nous suivre sur les réseaux sociaux

Editions Plon

@EditionsPlon

@editionsplon

MIXTE
Papier issu de
sources responsables
FSC® C003309
FSC
www.fsc.org

L'éditeur de cet ouvrage s'engage dans une démarche
de certification FSC® qui contribue à la préservation
des forêts pour les générations futures.

Pour en savoir plus :
www.editis.com/engagement-rse/

Imprimé en France par CPI
en mars 2022

N° d'impression : 3046886